琼 瑶

作品大合集

女朋友

琼瑶 著

作家出版社

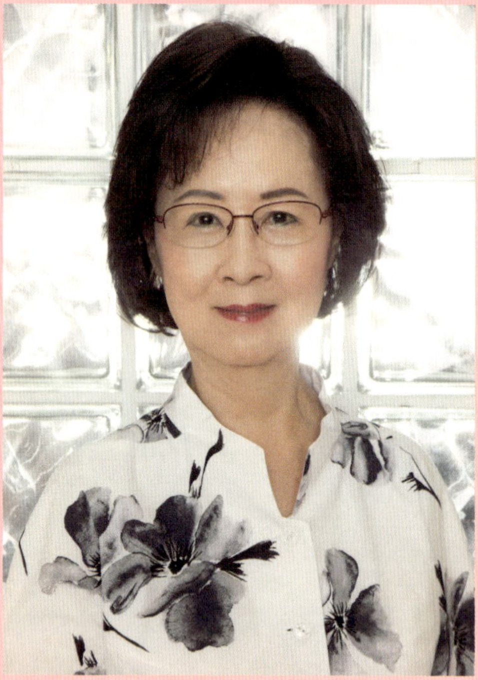

琼瑶,本名陈喆,作家、编剧、作词人、影视制作人。原籍湖南衡阳,1938年生于四川成都,1949年随父母由大陆赴台生活。16岁时以笔名心如发表小说《云影》,25岁时出版首部长篇小说《窗外》。多年来笔耕不辍,代表作包括《烟雨蒙蒙》《几度夕阳红》《彩云飞》《海鸥飞处》《心有千千结》《一帘幽梦》《在水一方》《我是一片云》《庭院深深》等。

多部作品先后改编成为电影及电视剧,琼瑶也因此步入影视产业。《六个梦》系列、《梅花三弄》系列、《还珠格格》系列等,影响至深,成为几代读者与观众共同的记忆。

琼瑶以流畅优美的文笔,编织了众多曲折动人的故事。其作品以对于梦的憧憬和爱的执着,与大众流行文化紧密结合,风靡半个多世纪,成为华文世界中极重要的文学经典。

我为爱而生，我为爱而写
文字里度过多少春夏秋冬
文字里留下多少青春浪漫
人世间虽然没有天长地久
故事里火花燃烧爱也依舊

覆瑶

女朋友

第一章

校园里的阳光灿烂地照射着。

高凌风在校园中快步地"走"着。小径上,那些合抱的老榕树,都低垂着枝丫,拖长了那些像胡须般的气根,像一个个庄重的老学究。他望着那些树木,忍不住就跳起身来,去摘取枝头的一片新绿。这一跳之下,就可以看到那穿过密叶的阳光,像一缕缕闪亮的金线。于是,忍不住,他再跳了一下,对那些金线抓了一把,似乎已掬牢了一把"阳光"。"紧握"着这把阳光,他心中的喜悦就从四肢百骸里往外扩散。于是,他哼起歌来。什么"吾爱吾师",什么"雨点打在我头上",什么"恶水上的大桥",哼得个过瘾。

就是这样,像他的好友徐克伟说的:

"高凌风的脚底有弹簧,他不能走,只能蹦蹦跳跳。

高凌风的喉咙里还有上了弦的发条,随时随地,发条一开,他就会引吭高歌起来!"有什么不好?他耸耸肩,继续哼着、跳着。校园里有两个女生经过,她们在注意他,悄悄地谈论他,他装不知道,满不在乎的。头抬得更高,背挺得更直,一路跳跃着去摘取树叶……穿过了小径,前面是空敞的草坪,没有老榕树了,他仰望着那无垠的蓝天,和那些白得诱人的云朵,他就真想一直飞跃上去,把那些白云全挽在手里,抱在怀里。李白是什么人?李白是唐朝人!唐朝人怎有现代人的思想和气魄!"俱怀逸兴壮思飞,欲上青天揽明月!"真岂有此理!那个李白把他高凌风的"豪情"全偷走了!

奔过草坪,教室正耸立在那儿,两大排建筑物,雄赳赳、气昂昂的!每年每年,多少学子进来,多少人才出去。他呢,进来了两年,离出去还有两年,大学三年级!徐克伟说的:该找女朋友的年龄了。女朋友?徐克伟满心只有女朋友,可惜的就是"没缘分"!他高凌风呢?总是对女孩子"有点儿意思",却从来不被"捕捉"。他不相信什么"痴情""狂热"的那一套,女孩子就是女孩子,是生活里的点缀品。千万别和她们认真,如果你被"捉住",你就惨了!徐克伟不懂这个道理,所以,徐克伟就该痛苦!

冲进了教室,糟了,又是最后一个到!教室中已坐满了人,心理学,真不知道选修心理学的人怎这样多,他东张西望地找着空位子，徐克伟已跳了起来。

"嗨！高凌风！我给你留了位子！"

他"蹦"过去，拍拍徐克伟的肩膀，审视着他的脸。

"怎么搞的，徐克伟？经过一个暑假，你又瘦了！失恋了吗？"他旁若无人，喊得好响，附近的同学转过头来看他们，徐克伟那"脸红"的毛病就犯了。

"别胡扯！"徐克伟低吼着，"恋都没恋，怎么能失恋？"

"有道理！"高凌风坐了下来，夏季的阳光使他有份好心情，一路走进学校的那种"喜悦"尚未消失，心情一开朗，他的话就特别多，"恋爱了又失去，才叫失恋。像你根本没恋爱，应该叫无恋，彼此爱慕叫相恋。其实，失恋也罢，无恋也罢，相恋也罢，都是痛苦！人类的痛苦就因为感情太多，根据心理学，有感情必定有痛苦，所以，最快乐的人是白痴！"

"高凌风！"徐克伟忍无可忍，脸一直红到脖子上去了，"你少发谬论好不好？有人在对你瞪眼睛呢！"

有人在瞪眼睛？高凌风四周望望，"瞪眼"的人还真不少呢，有熟面孔，有生面孔，有男生，有女生……有女生！他猛地一怔，胸口像突然被什么重物撞击了一下，心思立即停顿了一秒钟！他接触到一对好沉静好深幽的大眼睛，那"大眼睛"正带着股天真的好奇，对他悄悄地注视着。他紧瞪着她，一时间，他看不见那对眼睛以

5

外的东西,他只看到那黑黝黝的、清清亮亮的眸子。可是,那对"大眼睛"很快地躲开了,长睫毛垂下来,"眼睛"就隐藏到眼睑的后面去了。高凌风吸了口气,既然无法再接触那对"大眼睛",他就开始打量起那眼睛的主人来。细细的眉,挺挺的鼻梁,小巧的嘴,好白好嫩的皮肤。穿着件细麻纱的白色洋装,长发中分,从面颊上直垂到胸前……他肆无忌惮地看着,那"大眼睛"的头就低低地垂下去了。然后,他听到"哧"的一声轻笑,注意到那"大眼睛"身边的一个女孩子,正俯身对"大眼睛"说了句:"有人在对你行注目礼!"

高凌风对那说话的女孩狠狠地瞪了一眼,那女孩穿着一身的蓝衣服、短发、小圆脸……被他这样一瞪,就慌忙把身子缩回去了。高凌风不自觉地微笑了一下,女孩子,像一些纯白色的小兔子,诱人而又胆怯,而且,总有那股楚楚动人的韵致。

教室里一阵骚动,教授进来了,高凌风坐正了身子,用铅笔下意识地敲着笔记本。望着那颇为著名的李教授,选修心理学,就为了这位李教授,大家都说,他是最具有幽默感,而且最了解"学生心理"的一位教授。高凌风审视着他,李教授站在讲台上,两鬓微白,戴着眼镜,很有一种恂恂儒雅的气质。

"今天是第一天上课,"李教授微笑地扫视着整个教室,"难得你们从不同的年级和科系,都来选修我这门心理学，希望你们把这门课学好了，男同学懂得女性心理，女同学懂得男性心理，且能善加利用，那就天下太平了！"

教室里一阵哄然大笑，高凌风笑得最响，他总是这样，很难控制自己的情绪。每次去电影院看"傻瓜片"，他总是笑得电影院里的人都不看电影而看他。

李教授跟着大家笑，笑完了，他说：

"我看，经过一个漫长的暑假，大家都没有上课的准备，也没有上课的心情，我今天不讲书，而说个有关心理影响的故事给你们听！"上课听故事！太妙了！高凌风用手托着下巴，瞅着李教授，竖起了耳朵。"首先声明，这是个真实的故事！"李教授认真地望着台下，"这故事可以证明人类心理作用对人的影响力有多大！"他沉吟了一下，开始说故事："有一个罪犯，被判了死刑，执刑的日子也快到了。于是，这罪犯在一个深夜里，冒死越狱，翻墙逃走了。他这一跑，惊动了守夜警卫，顿时警铃狂鸣，警犬也被放了出来，成群的员警，出来搜捕他。罪犯不住地奔跑，他听到警哨声、犬吠声、人声、呼喝声……他不要命地狂奔，穿过了树林、荒野、山地，他一直跑，不停地跑，这样连跑了一夜一天。到第二天夜里，他已经筋疲力尽，终于跑到一个农庄，看到了一个草堆，他靠在草堆上，再也支持不住，睡着了。"教授停了停，满教室静悄悄的，都在等着听下文。高凌风专注地望着教授。"他睡着后,就开始做噩梦,"李教授继续说,"梦到自己正被成群的员警从四面八方包围了,高叫着要他投降,否则要开枪了。他仍然企图逃亡,就在举步要跑时,各方面的枪弹向他集中扫射,一枪正中心脏,他倒下来,死了。梦到这儿,他的人也真的从草堆上倒下来,真的死了。事实上,员警并没有发现他,也没有任何枪弹射中他,他的死亡,完全是受心理影响,可见心理影响之大!"故事讲完了,李教授笑盈盈地站在那儿,同学们开始窃窃私语。很好的故事!高凌风想着,用铅笔在笔记本上乱画,只是……只是……只是有点儿不对头!忽然间,他恍然大悟,发现这故事的"矛盾"之处了。从座位上直跳了起来,他嚷着:

"李教授,这故事不可能是真的!"

"为什么?"李教授微笑地望着他。

"您说,他梦到自己被打死,就真的死了。"他站在那儿,手舞足蹈地说,"他在死之前,并没有机会把自己的梦讲给别人听,是不是?那么,除了他自己之外,谁知道他做了那个梦呢?所以,这故事完全不能成立!"

李教授笑了起来,他看来又开心又得意。

"你对了!"他说,直视着高凌风,"这其实是个智力测验,我说出来和你们开个玩笑,没料到,你的反应这么快,你叫什么名字?""高凌风!""高凌风?"李教授赞许地念着这名字,深深地看了他一眼,似乎在用心记牢他的脸孔,"很好,高凌风,你相当聪明!你念什么系?""森林系三年级。""你应该学心理学,"李教授说,"你很有思想。"

高凌风坐了下去,有点儿沾沾自喜,被赞美永远能引起他的傲气,他知道自己的弱点,父亲不止一次对他说过,他虚荣而好胜。坐在那儿,他正在独享着那份虚荣感,忽然间,有种第六感在告诉他,他斜后面,有一对"大眼睛"正悄悄地注视着他。他克制着自己,不许自己回过头去,如果这"第六感"欺骗了他呢?但是,但是……他猛然回过头去,他的眼光和那对"大眼睛"就一下子撞了个正着,他立刻微微一笑,那对"大眼睛"蓦然被惊惶充满,像个受惊的小鹿般,那女孩低垂了头,他只能看到那长发中分处的那道发线了。见鬼,今天是怎么了?那不过是个有对大眼睛的女同学,没什么了不起!长得漂亮的女同学多得是,他高凌风何曾动心过?坐正身子,他盯着李教授,直着脖子。可是,教授又讲了些什么,他完全不知道。斜后面,总像有股庞大的力量,要把他的视线吸引过去。见鬼,他诅咒着,那对眼睛没有什么特别,每个人都有眼睛!眼睛就是眼睛,有眼白有眼珠——眼睛就是眼睛,可是,为什么那对"大眼睛"与众不同?他再度回过头去。那女孩的头垂得好低,只看到那道发线,他紧盯着她,她总不能永远低着头吧,果然,她抬起头来了,再一次眼光的相遇,那女孩似乎大吃了一惊,转过头去,她和那蓝衣服的女孩悄悄私语,准是在骂他!他想。你越是骂我,我越是要看你!他身边的徐克伟用手肘碰碰他。

"高凌风,你在干吗?"

他回过神来,心烦意乱地用笔敲着书本。大眼睛,不知道那大眼睛叫什么名字!但是,管他呢?名字并不重要,"我可以不知道,你的名和姓,我不能不看见,你的大眼睛!"他在肚子里胡诌着歌词,接着,就讶异地对自己低语:

"高凌风!你着了魔了!"

下课了,大家一窝蜂地拥出教室,他拉着徐克伟,争先恐后地往外冲,徐克伟扯扯他的袖子:

"我告诉你,高凌风,她在外文系二年级!"

高凌风一把抓住徐克伟。

"你怎么知道?"他大声问。

"她是我一眼看中的!"徐克伟直愣愣地看着高凌风,"你总不至于……"

"慢点,慢点!"高凌风瞪着徐克伟,"好朋友归好朋友,追女孩子,我们只好各看各的本领!"

"不行!"徐克伟又涨红了脸,"李思洁是我看中的!全校那么多女同学,你为什么要和我作对?"

"李思洁,"高凌风喃喃地念着,"原来她叫李思洁!怪不得爱穿白衣服!"

"白衣服？"徐克伟哇哇大叫，"谁说她穿了白衣服？她一身的蓝，蓝衬衫，蓝长裤，蓝发带……"

高凌风站住了："说了半天，你喜欢的不是大眼睛，是那个蓝衣服呀？"

"大眼睛？"徐克伟怔着，"谁是大眼睛？"

"和蓝衣服在一起的那个女孩子！"

"我没注意。"徐克伟说。

"你没注意！"高凌风大嚷着，"如此与众不同的女孩子，你居然没注意！"他跳起来，摘取了一片树叶，"我要去弄清楚，她到底是谁？"

"我可以帮你打听！"徐克伟说。

"你？"高凌风不信任地看着徐克伟。

"我。"徐克伟望着高凌风，"只是，你负责一切打听费用！"

"打听还要费用吗？""当然要。""好吧！"高凌风洒脱地一挥手，"只要你打听得出来，我什么费用都出！哪怕要卖我的吉他，我都干！"

"高凌风，"徐克伟纳闷地说，"你总不会认真吧！你一向都说，你从不相信什么一见钟情的事！"

"我仍然不相信！"高凌风往上"蹦"了三尺高，"我也没说我钟情了呀！你绝不可能对一个你连话都没说过的女孩子钟情！我喜欢的，只是那对大眼睛！但是，一个能拥有这样动人的眼睛的人，就一定是个值得你去钟情的人。"

"我不懂你的哲学。"

"你不懂吗?"高凌风研究着自己手里的一把"木麻黄"树叶,"我自己也不懂。"

第二章

徐克伟站在高凌风的面前,对他伸着手。

"要情报,拿打听费来!"

"你真打听出来了?""当然。""多少钱?""一百二十三元五角。"

"怎么用的?""请李思洁看电影,六十多元,请李思洁喝咖啡,三十多元,请李思洁去福乐吃冰淇淋……"

"喂喂喂,"高凌风大叫着,"我要你打听'大眼睛',并不是要你去追求李思洁,怎么你把追李思洁的账,都记到我头上来了?你有没有搞错?"

"才没搞错呢!"徐克伟扬着眉毛说,"李思洁是那个大眼睛的好朋友,要了解大眼睛的一切,就需要先接近李思洁,现在,我什么情报都有了。"

高凌风瞪着徐克伟:"快说呀!""先付钱!""徐克

伟，"高凌风一个字一个字地说，"你是越来越滑头了！咱们记着，"他掏出一百块钱，放在徐克伟手里："说吧！"

"她的名字叫夏小蝉，好奇怪的名字，夏天的小蝉。她的父亲是报业界的巨子夏继屏，她很用功，很孝顺，很害羞，很乖，典型的大家闺秀。她是二年级外文系的学生，选修课程有心理学、文学概论、比较文学。家住阳明山，地址和电话号码我都抄在这儿了。"徐克伟把一张纸条交给高凌风，继续说，"她是独生女，没有兄弟姐妹，在家很得宠，最重要的一项情报是，每天下午没课的时候，她都在图书馆念书，一直念到吃晚饭。"高凌风劈手夺过刚刚放在徐克伟手里的钞票，转身就向后面跑去，徐克伟大叫着：

"你到哪里去？""图书馆！""你……你……"徐克伟喊着，"你抢劫……"

"抢劫敲诈犯，人生一乐也。"高凌风叫着，径自奔向了图书馆。到了图书馆，高凌风才觉得自己实在有点发神经。四面看看，并没有"大眼睛"的影子，显然自己来得太早。在阅览桌前坐了下来，他心不在焉地翻开自己那本《水土保持》，在笔记本上胡乱地涂着；夏天的小蝉，夏小蝉，飞上树枝的小蝉，怎么有人取名字叫小蝉？

不知道坐了多久，不知道在笔记本上涂了多少个

"夏小蝉",忽然间,他的"第六感"又在作祟了,背后有衣服的窸窸窣窣声,空气里有淡淡的香水味,轻盈的脚步声,在悄然地迈着步子……他蓦然回头,立即接触到了那对"大眼睛",由于他动作的突然,由于这意外的相遇,那个夏小蝉吓了好大的一跳,手里的一沓书本差点都掉到地上去。她怔怔地望着高凌风,眼底有着惊惶、怀疑、和一层娇柔的怯意。高凌风面对着这样的一对眸子,就又感到胸口被猛烈地撞击了!怎么有如此动人的眼睛?怎么有这样会说话的眼睛?他瞪视着她,一时间竟有些张口结舌。怎么搞的?他从没有在女孩子面前怯过场!"你……你……"夏小蝉嗫嚅着,不知所措地望着他,"你要干吗?"

"我叫高凌风。"他慌忙说。

"我知道。"

小蝉低低地说了一句。

"我在森林系三年级。"

"我知道。"她又说。

"我……我在学校合唱团里当主唱。"他莫名其妙地说了一句,说出来就觉得不大得体,这算什么?标榜自己会唱歌吗?表示自己很时髦吗?今天……今天是怎么了?自己居然如此笨嘴笨舌。

"我听说了。"夏小蝉微笑了一下,大眼睛里浮起了一抹温柔的笑意,"你在学校里很出风头。"

出风头？见鬼！高凌风的脸发热了。他高凌风也会脸红？真是天下奇谈！不行，非找些话来谈不可！那夏小蝉已经想悄悄地溜开了，慌乱中，他说了句：

"到图书馆来念书啊？"

"嗯。"夏小蝉应着，眼底的笑意更深了。

胡闹！高凌风心里在骂着，问些废话！人家不到图书馆来念书，难道还来图书馆打球的吗？自己真笨得厉害，想着想着，他就忘形地对自己的脑袋敲了一下。这一敲，夏小蝉就"哧"的一声笑了。看到她笑，高凌风也忍不住笑了，两人相对一笑，那生疏的感觉就从窗口飞走了。高凌风顺势拉开了身边的椅子，夏小蝉也只好坐了下来。

两个人并坐在阅览桌前，高凌风急切地想找些话题来谈。但是，那夏小蝉显然不是来谈话的，她打开了厚厚的一本英国文学史，认真地阅读了起来。高凌风讶异地望着她，那样一本正经，那样庄重，那样细致，那样温柔，却又那样凛然不可侵犯。她低俯着头，专注地望着书本，纤细修长的手指，在书页上翻动着。他以一种心动的喜悦，惊奇地望着她阅读的神态，那半垂的睫毛，那微微翕动的嘴唇，那时时微闪着光芒的眸子，那凝神的、特殊的专注……她一心一意埋在书本里，她已经忘记了身边有个莫名其妙的高凌风！他看着她，半愕然、半心悸、半喜悦地欣赏着她的专注与肃穆，直到……忽

然间,有个男性的声音在他面前响了起来:

"嗨!小蝉!"夏小蝉抬起头来了,高凌风也抬起头来了。于是,高凌风看到一个瘦瘦高高的年轻人,英爽、挺拔、干净、愉快地站在阅览桌的对面,那年轻人充满笑意的眼睛闪亮而温和,眉毛浓黑,鼻梁英挺,要命!这是个漂亮的、男性的、很有帅劲的男人!"小蝉!别念了!"那年轻人说,高凌风注意到,他手里也抱着一沓课本,看看封面,似乎全是工程方面的书籍,那么,该是本校的同学了?"快六点了,小蝉,我请你吃晚饭去!"

"不行!"夏小蝉站起身来,收拾起书本,对那年轻人甜甜地笑着。笑容里有信赖、有喜悦,也有份淡淡的娇痴,"我答应妈妈回家吃饭!"

"那么,我送你回家。"

"然后,你留在我家吃饭!"她笑着,语气里有邀请,也有命令。"就这样!"那漂亮的年轻人笑得爽朗。

小蝉走过去,那年轻人熟稔地把手环过来,放在夏小蝉那细小的腰肢上。他们并肩而去,她甚至没有和高凌风打招呼。高凌风目送着他们的背影,消失在图书馆的门口。他呆了,像被钉死在那张椅子上,他动也不能动。半晌,他才直跳了起来,跑出了图书馆。他要去找徐克伟,要徐克伟去找李思洁,他要弄清楚这个男人是谁?即使……他又要付一笔敲诈费!徐克伟没有再敲诈他,带给他的却是最令人沮丧的情报。徐克伟沉重地说:

"放弃吧,高凌风,你绝无希望!那个男的名叫何怀祖,是电机系四年级的高才生!家里很有钱,他父亲和夏小蝉的父亲是好朋友,原来夏小蝉和何怀祖之间也就只差订婚了。那何怀祖在学校也是有名的,上次那个'小发明发表会',他是主要人物,学校里上至校长,下至教授们都欣赏他,认为他是难得的奇才,他完全是个……"

"我知道了!"高凌风大声地说,打断了徐克伟的叙述,"一个'品学兼优',对不对?好吧,就算他是'品学兼优',我呢?我是个'大器晚成',我就要跟'品学兼优'拼一下!告诉你,我追夏小蝉是追定了!"

第三章

以后的日子是一连串"捉迷藏"的游戏，游戏的地点却在图书馆里。高凌风跑图书馆跑得如此之勤快，恐怕是进大学以来所少有的。为了去图书馆，他耽误了合唱团的练习；为了去图书馆，他疏忽了"育苗"的实习；为了去图书馆，他把练吉他的时间也占据了；为了去图书馆，他有好久没有和徐克伟去弹子房赌弹子，去体育馆比乒乓……但是，在图书馆里的大部分时间，他只能眼睁睁地看着夏小蝉那庄重沉静的脸庞，和那专心一致的神态。偶尔，她会抬起眼睛来，对他微微一笑，他的心立刻就像鼓满了风的风筝，会因这一笑而飞进了层云深处。这样，有一天，她终于抬起头来，静静地看着他。那对"大眼睛"安详、深邃、而温柔。一接触到这眼光，高凌风就触电般浑身一震。她凝视着他，唇边浮起了一丝笑意。她轻声说："你很用功。"他摇摇头，坦白地说：

"用功的是你，不是我。"

她的脸微微一红，似乎对他这些日子的"追逐"已了然于胸，她低声说："李思洁常谈起你。"李思洁！李思洁和徐克伟已打得火热，而他这儿却完全没有进入情况！他平常总笑徐克伟畏缩，没办法，害臊，而又驴头驴脑，畏首畏尾！现在，看样子，这一切的评语不该用在徐克伟身上，倒该用在他高凌风身上，他平日的豪迈呢？他平日的洒脱呢？他那份"女朋友不过是生活里的点缀品"的观念呢？原来，原来……当爱情真正来临的时候，竟会把人整个改变，整个征服的啊！想到这儿，他情不自禁地叹了口气。他这声叹息似乎使她惊悸了，她迟疑地望着他，大眼睛里浮起一片迷迷蒙蒙的温柔，她说：

"怎么了？""怎么了？"这句话带着股庞大的力量向他排山倒海般冲击过来，使他再也控制不住，许多话就不假思索地冲口而出："我就是想问我自己怎么了？我天天坐在这儿，天天望着你，但是……我竟然没有勇气对你说一句：我请你去吃牛肉面好吗？我一次又一次地看着那个'品学兼优'把你接走，我就像个傻瓜似的坐在这儿发呆！'大器晚成'，只怕有一天，会变成'一事无成'了！"

她"哧"的一声笑了，望着他：

"什么'品学兼优'啊？'大器晚成'啊？'一事无成'啊？你在说些什么？""别告诉我你听不懂！"

他温和而安静地看着她，半晌，她合拢了书本："那么，你还要等'品学兼优'来吗？"

他跳起身来："你是说……"

"你不是说要请我吃牛肉面吗？"她微笑着，像一朵含苞欲放的、纯白色的蔷薇花。

他被欣喜充满了，被狂欢笼罩了，被激情冲击了，他忘形地"蹦"起来，一声"唷呵"的欢呼几乎冲口而出。他的失态使夏小蝉惊惶地后退了一步。该死！他敲敲自己的脑袋，别驴了！他手忙脚乱地收拾了自己的书本、笔记本，和夏小蝉并肩走出了图书馆。

吃牛肉面，吃红豆刨冰，吃"大声公"的清粥，他带她乱吃一通。她吃得很少，只是望着他笑，好像他是一个很奇怪、很特别的人物，她的笑容里，有惊奇，也有怯意。于是，忽然间，他觉得自己好傻，好宝，好蠢，竟带她来这些小吃店！她那样娇滴滴，应该属于朦胧的烛光，热腾腾的咖啡，和厚厚的绿绒地毯。但是，他高凌风没有这些！他高凌风是个穷小子！他瞪着她："我必须告诉你，"他说，"带你到这种地方，好像是一种冒犯，带你去别的地方，我又带不起！"

她睁大眼睛望着他："你以为我是很虚荣的吗？"

"我知道你是娇生惯养的！夏继屏的独生女儿，我可以想象你平常过的是怎样的生活！我也可以猜到，那'品学兼优'绝不会带你到小冰店来吃红豆刨冰！"

她嫣然一笑。"你对了！"她说，用小匙拨弄着杯子里的红豆，一匙一匙地送进嘴里，"但是，我很喜欢这一切！好新奇又好亲切，我觉得，这才像个学生呢！平常我父母对我保护得太周到了，我几乎已经不知道'生活'是什么！"

"让我告诉你！"他热烈地，几乎是喊着说，"我会让你知道生活是什么！我会让你了解什么是舞蹈，什么是歌唱，什么是欢笑，什么是疯狂！那不是你玻璃屋子里的生活，太阳是真实的，雨也是真实的！我从小是风吹日晒长大的，所以不怕风吹日晒！你好白好细致，但是，你缺少阳光，缺少风雨……"她用闪亮的"大眼睛"一眨也不眨地望着他，他顿时忘了自己的"演讲"，这对"大眼睛"令他"窒息"了。他停住了自己的话，忽然说："你知不知道，你有一双好动人的大眼睛？"

她的面颊上蓦然涌上两片红潮，那红润从她颊边一直蔓延到她的眼角眉梢。他怔住了，傻傻地瞅着她，他觉得自己的呼吸停止，血液凝住。那眼睛，那神情，那注视，那微笑……他真想唱一支歌，为她唱一支歌！

三天后，高凌风在校园里找到了夏小蝉，她正和那个品学兼优的何怀祖在一起，两人不知在争执些什么，他走过去的时候，正好听到何怀祖在说："……那么，你以后就不要到图书馆去念书！"

"很好！看样子，有人在"居心破坏"！他不顾一切地"奔"了过去，对何怀祖点了个头："品学兼优，跟你借个人！"不管三七二十一，他把夏小蝉一直拉到旁边去，那何怀祖目瞪口呆地望着他，他置之不理。从怀里掏出两张热门音乐的门票，他塞进小蝉手里，说："一定要来！因为我要为你唱一支歌！星期天晚上七时，在学生活动中心！记牢了！如果你不来，整个演唱会对我都没有意义了！可是……"他看了那个品学兼优一眼，"别带那个品学兼优来！热门音乐演唱会只适合我这种吊儿郎当，不适合品学兼优！"说完，他把夏小蝉再推回何怀祖身边：

"还你的人！"然后，他掉头就走。夏小蝉自始至终没讲过话，只是紧握着那两张入场券，呆呆地望着他。他大踏步地走了，"不能"回头，"不愿"回头，"不要"看到小蝉和那个何怀祖在一起！如果小蝉是有热情有感性的女孩，她可以在演唱会上领略一切，演唱会！是的，他的希望在演唱会！他的天才，他的感情，他的奔放，都只有在唱歌的时候才能表露无遗！"歌"一向比"语言"更能表达他的思想。

终于，演唱会来了，高凌风抱着吉他，站在台上，他紧紧地盯着夏小蝉。她坐在第一排的正中。该死！他心里暗骂着，再三叮嘱，她仍然把那个"品学兼优"带来了。何怀祖西装笔挺地坐在那儿，夹杂在一群衣装随便的同学中间，显得那样格格不入。但是，夏小蝉！他深抽了口气，夏小蝉是一颗闪烁着光芒的小星星！

他弹着吉他，蹦着，跳着，舞着，唱着，他整个的心灵，整个的感情，都随着歌声，奔泻而出：

我可以不知道，你的名和姓，
我不能不看见，你的大眼睛！
我从来不明白，命运是什么，
自与你一相逢，从此不寂寞！
你的眼光似乎对我述说，
好时光千万不要错过，
无论你心里是否有个我，
我永远为你祝福愿你快活！

一曲既终，他望着小蝉，小蝉坐在那儿，用热烈的"大眼睛"默默地凝视着他。他不能呼吸了，不能喘气了，不能思想了！奔向后台，他抛下了吉他，就绕到前面来找小蝉。但是，小蝉的位子上已空空如也，何怀祖也一起不见了。他呆立在那儿，顿时动也不能动。在这一刹那间，只觉天地万物，都已化为空虚一片！徐克伟和李思洁走了过来，李思洁悄然地递了一张纸条给他。他看着，上面是小蝉匆促之间写下的几个字：

凌风：

　　奉母命带了护航员，奉母命早早回家！奉母命不得耽搁。歌太好，感动之余，却怕受之有愧！

　　　　　　　　　　小蝉

　　奉母命！奉母命！奉母命！他望着李思洁，李思洁对他缓缓地摇摇头，低声说："夏小蝉从没有违背过她父母！所有的亲戚朋友都知道，小蝉是出了名的乖女儿！"

　　"所以，"徐克伟接口说，"要征服小蝉，必先征服她的父母！"

　　高凌风把手重重地压在徐克伟的肩上，严肃地说："徐克伟，你看我这样的'大器晚成'，小蝉的父母会接受我吗？"徐克伟从上到下地打量他：有棱角的脸孔，带点儿野性的眼睛，倔强而自负的嘴，留得太长的头发，牛仔衣，牛仔裤，满身的放浪不羁，一脸的狂热与任性。徐克伟慢慢地摇头："如果我是你，我不敢去碰钉子！"

　　"这钉子，迟早是要碰的！"高凌风大声地说，掉头走开了。

第四章

好一段时间过去了,高凌风和小蝉间仍在胶着状态,那小蝉娴静高雅,总带给他一种无形的压力,使他不敢进攻过猛,也使他"自惭形秽"。

这天,高凌风在苗圃里热心地整着地,苗床一排排地排列着,同学们都在埋头工作。他用锄头弄松了泥土,身边那些"大叶桉"的种子,正一袋袋地放着,等待"播种"。高凌风专心地工作,心里模糊地想着"十年树木"的成语,一棵树从播种,到发芽,到长成,要经过多么多么长久的时间,播种、插条、接枝……又是多大的学问!"造林学"只是一门功课,但是真正造一座森林却需要十年二十年以至于数百年的时间!想到这儿,他就觉得宇宙好神奇,生命好微妙,而那些种子的发芽生长,却给人一种不可思议的感觉。

他正想得出神，却看到李思洁远远地跑来，对徐克伟招手，真亲热，片刻不见，就找到苗圃里来了。他心中微有醋意，如果小蝉能这样对他，他一定会乐得发疯。小蝉，想着这名字，他心里就又酸楚，又甜蜜，又惆怅。那夏小蝉是一个公主，一个住在重重城堡中的公主，要接触这公主，就得翻越那重重城堡！他叹口气，用手捏碎了泥土，撒在苗床上。"高凌风！"忽然间，徐克伟站在他面前，气急败坏地喊着。他愕然地抬起头来，望着徐克伟。

"大事不好，高凌风！"徐克伟喘吁吁地说，"思洁特地来告诉我，夏小蝉说，她父母要她跟品学兼优订婚！"

"什么？"高凌风大叫。

"你还不赶快想办法！"徐克伟说，"再拖下去，你这个'大器'就'晚成'不了啦！"

高凌风瞪着徐克伟，然后，倏然间，他摔掉了手里的种子，也顾不了满手的泥土，转身就往校园跑去。徐克伟在他身后直着脖子叫："你去哪儿？"

"去图书馆找夏小蝉！"

冲进了图书馆，小蝉果然坐在阅览桌前看书。他直冲过去，旁若无人地大声叫："夏小蝉，你不可以这样做！你不能嫁他，不能跟他订婚！"

小蝉惊惶地抬头看他，四周的同学全被惊动了，纷纷抬起头来看他们。小蝉又羞又窘，抱起书本就往外面走,高凌风不顾一切地跟随在后面,她走往哪儿,他就跟往哪儿,不住口地说着:"你这样不公平,就算是赛跑,他已经跑了半天我才起跑,好不容易我快追上他,你又把百公尺改成跑六十公尺,让他先到终点,我不服气!"小蝉悄然地抬起睫毛,看了他一眼,就又埋着头往前走。穿过草坪,前面有个小小的树林。小蝉走了进去,高凌风也跟了进去,嘴里不停地吼着:

"小蝉,你别发疯,这件事关乎你终身的幸福。我知道,在你父母眼里,那个品学兼优是个不折不扣的乘龙快婿!但是,你不能任何事情都听你父母的摆布!你应该问问你自己,你到底爱不爱他!"小蝉站定了,扬起睫毛来,她用那对黑幽幽的"大眼睛"深深地凝视着高凌风,轻声地说:"你怎么知道我不爱他?"

"不可能!"高凌风大叫,"像他那样一个学电机的机器人,你怎么能和他谈情说爱?"

"他学了电机,就是机器人?"小蝉问,"那么,你学了森林,岂不成了大木头了?"

"他是机器人,我却不是大木头!"高凌风激动地嚷着说,"我爱音乐,爱唱歌,懂得什么叫感情。他只懂功课,只会研究机器……""你怎么知道?""我冷眼旁观过!"高凌风的脸涨红了,呼吸重重地鼓动着他的胸腔,"小蝉,你别想瞒我,你和他之间,一点共鸣都没有!我并不是要说他不好,我承认他好,他很好,他十全十美,而我，我浑身都是缺点，我不够用功，不够漂亮，不够成熟，但是，小蝉……"他深抽了一口气，痛楚在他的眼底燃烧，"我用我全身每一个细胞来爱你！我或许不是世界上最好的男孩子，但是，我是世界上最爱你的男孩子！"

小蝉定定地望着他，大眼睛里蒙上了泪雾，闪耀着光华，她的声音低柔而清晰："你以前没说过这种话。"

"没说过！但是你懂得，是吗？"他一把抓住了她的手腕，"如果你不懂，你就是白痴！"

"好了，凌风，"小蝉凝视着他，"你说了这么多，又吼又叫的，现在我倒要问问你，谁说我要订婚了？"

高凌风一怔，顿时又惊又喜。

"难道……那是谣言？"

"不完全是谣言，爸爸和妈妈要我和他订婚，因为他马上毕业了，但是……我并没有答应呀！"

"啊！"高凌风狂喜地大叫，"小蝉！"

忘形地，他一把把她拥进了怀里，用手紧紧地抱住了她。小蝉注视着他，眼里闪着泪光，高凌风深深地望着这对"撼人心魂"的大眼睛，终于，他长叹一声，把嘴唇贴在她那翕动的、轻颤的、楚楚动人的嘴唇上。

爱情，是一种"惊心动魄"的情绪，高凌风从来没有像这一阵这样疯狂，这样沉迷，这样喜悦，这样狂欢过。他所有那些"女孩子不过是女孩子，有什么了不起!"的观念全消失了!他想飞,想唱,想站在云端,大声唱出他的爱之歌。想告诉普天下的人,他在恋爱,而恋爱是如此震撼着他整个心灵的东西!在家里,高凌风的父亲不能不感染上儿子这份强烈的喜悦。儿子,是他的命根,他很少对高凌风深谈什么,但是,凌风自幼,母亲就离家而去。父子二人,相依为命。当了一辈子中学教员,对孩子的心理还不清楚吗?他知道高凌风,他是那种反应特别敏锐而强烈的孩子。从小,他有五分快乐,他就要夸张成十分,有五分悲哀,也要夸张成十分。而当父亲的,却永远在分享着他的喜悦与悲哀。他们父子间不需要过多的言语,"默契"是存在于两人之间的。

整个寒假,高凌风都兴致高昂而笑容满面,他唱歌,弹吉他,诉说他对未来的憧憬。

"爸,我将来要当一个歌唱家!当我在台上唱歌的时候,小蝉就坐在下面听。我会对观众说,我要唱一支歌,这支歌是为我心爱的太太而作的。"于是,他躺在床上大声地唱着:"我可以不知道,你的名和姓,我不能不看见,你的大眼睛……"他的兴奋与喜悦,像是无止境的。身为父亲,只能默默分沾他的喜悦,却不好打破他过分美妙的梦想。夏小蝉!那个名门闺秀,是否知道他们父子二人所过的生活是何等清苦,何等简陋?寒假结束的时候,小蝉第一次来到高家,见了高凌风的父亲。坐在那简陋的小屋里,她好奇地东张西望,高凌风和父亲却弄了个手忙脚乱。那父亲望着小蝉，他一向知道儿子的眼光高，却也没料到小蝉是这样雅致、这样娇嫩的女孩，像春天枝头上的第一片新绿。事先，高凌风已经对父亲千叮咛、万嘱咐地说过："爸，你可别摆长辈架子，可别吓唬住人家。她又娇又害羞，在家里是被像公主一样侍候大的！"

"我懂我懂！"父亲慌忙说，"她在她家是公主，到我们家也是公主，我会很小心，很得体，不能让你没面子，是吧？"

现在，面对着这个娇滴滴、羞答答、嫩秧秧的"小公主"，那父亲竟然比这"公主"还紧张！可别给人家坏印象，可别砸了凌风的台！小心翼翼地，那父亲问：

"小……小……小蝉，我叫你小蝉，你不会介意吧？"

"高伯伯，你当然叫我小蝉啦！"小蝉微笑着说。

"好，好！"父亲一乐，就有点忘形，"小蝉，你不知道，这些日子，我天天听凌风谈你，小蝉爱穿白衣服，小蝉爱吃牛肉干，小蝉爱笑，小蝉爱哭，小蝉有个什么什么品学兼优……""爸爸！"高凌风皱着眉叫。

"哦，哦！"父亲醒悟过来，转头悄声问高凌风，"我说错话了，是不是？""别提那个品学兼优！"

"是的，是的，我看，我还是去厨房吧！"

"我去！"高凌风说，"我去！你陪小蝉！"没有主妇的家庭，爷儿两个总是自己做饭吃。小蝉惊奇地望着他

31

们，她从没见过两个男人组成的家庭，从不知道男人也会烧饭！但是，当她在高家吃过一餐饭后，她一生也忘不了那天的菜单：蒸蛋、炒蛋、咸蛋、皮蛋、荷包蛋、卤蛋……简直跟蛋干上了！高凌风在她耳边悄悄说：

"我们父子两个只会弄蛋！你可别骂我们是大笨蛋啊！"

小蝉忍不住"扑哧"一声笑了起来，高凌风也笑，那父亲看到这一对喜悦的年轻人，就也忍不住跟着笑了起来。一时间，陋屋里也充满了欢笑，充满了春天的气息。只是，那父亲却不能不暗暗地担上一层心事，这"小公主"如此雅致高贵，他那个散漫不羁的儿子，真能长期拥有这份幸福吗？

高凌风却没有那么多心事！整天，他和小蝉欢笑，跳跃在阳光里，尽情享受着青春和爱情。他们曾并躺在草地上看蓝天白云，他告诉她他的梦想，他的希望，他的未来，他的"伟大的远景"！"像安迪威廉斯、汤姆钟斯、法兰克辛那屈、普里斯莱……我崇拜他们，我羡慕他们！知道吗？小蝉，我要当一个歌唱家！一个大演员！我有歌唱和演戏的天才，你信吗？小蝉，歌唱和戏剧是一种艺术，一种伟大的艺术！你看看我，我像个艺术家吗？"小蝉为他的豪情所感染，望着他，她只是笑容可掬。但是，这"艺术家"终于要面临考验了。一天，小蝉告诉他：

"你知道吗？何怀祖仍然在追求我。"

"不提他行不行？"高凌风蹙紧眉头。

"凌风，"小蝉担心地低下头去，"你不知道，我和怀祖是从小一块儿长大的，家里以为我们的事已成定局，现在半路杀出你这个程咬金，妈妈和爸爸很不开心。但是，他们不是那种要干涉儿女婚姻的父母，他们只对我说，'把你的艺术家带回来给我们看看！'所以，凌风，你必须去见我的父母，这对你，是一件很重要的事！"

高凌风用手直摸脑袋。

"你干吗？"小蝉问。

"我在想，"高凌风吞吞吐吐地说，"碰钉子的时刻终于来了！"

"别那样泄气，我爸爸妈妈又不是老虎！"

"我不怕老虎，我只怕你父母不能慧眼识英雄！"

"你是英雄吗？"小蝉笑弯了腰，"别不害臊了，我看你倒有点像个狗熊呢！"

"好！你骂人，我当狗熊，你只好当狗熊夫人，你又有什么光彩？"

"胡说八道！"小蝉红了脸，笑着说，"管你是英雄也好，是狗熊也好，下星期天，去我家见我父母！"

第五章

这一天终于来临了。坐在夏家那豪华的大客厅里,踩着又厚又软的地毯,看着那整片的落地长窗和丝绒窗帘,闻着满屋子的花香,吹着凉阴阴的冷气,望着落地窗外花木扶疏的院落……高凌风从头到脚都不自在,那种又陌生又拘束的感觉压迫着他,夏继屏夫妇那锐利的眼光,一直在他脸上、身上打转,使他比参加大专联考时还紧张。在这屋里,什么都是陌生的,连平日和他最接近的小蝉,也变得严肃而疏远了。

"听小蝉说,"夏继屏打量着他,"你是学森林的。"

"是的,我在森林系三年级,明年暑假就毕业了。"他局促地回答。"毕业以后有什么打算呢?你们学森林的,是不是要上山去工作?""原则上是的。但是,我的兴趣并不在山上,我预备在歌唱上去谋发展。"他坦白地回答。

"哦,"夏太太——小蝉的母亲——紧盯着他,似乎在研究他的相貌和体形,"你预备当一个声乐家?像斯义桂和卡罗素?你受过正规的声乐训练吗?"

"不不!"高凌风解释着,"您误会了!我不要当斯义桂和卡罗素,我倒崇拜披头和汤姆钟斯!"

"你的意思,是想当一个歌星?"夏太太困惑地问,好像听到一件十分稀奇的事情。

"也可以这么说。"夏继屏的眉头不由自主地皱拢了起来,他望着面前那张年轻的、充满自信与傲气的脸孔。

"你会唱歌,这倒也不错,"他沉重地说,"不过唱歌这玩意儿只能消遣消遣,你是个农学院的大学生,却想把歌唱作为前途事业吗?"

"有什么不可以呢?"高凌风忍不住扬起了眉毛,"慷慨激昂"地说,"这时代哪一行都能出人头地,在美国,猫王啊,平克劳斯贝啊,都是亿万富翁而且受人尊敬,在英国,女王还封爵位给披头呢!"

"哦!"夏太太眼光凌厉地看着他,"你是不是能唱得像披头和猫王一样好呢?"高凌风激动了起来:"我并没有说我唱得和他们一样好……"

"那么,你也做不了猫王和披头了?"夏太太口齿锐利地接口说。"我却做得了高凌风!"高凌风朗声回答。

"很好,"夏继屏点着头,声音却显得相当僵硬了,

"你似乎志气不小,但是,你怎么样开始这个事业?你预备在什么地方唱?""夜总会也可以,歌厅也可以……""夜总会和歌厅!"夏太太打断了他,"你预备唱些什么?在中国你总不能唱外国歌,那么,必然是那些哥哥呀,妹妹呀,爱情呀,眼泪呀,或者是黄梅调和莲花落了!"

听出夏太太语气里的讽刺意味,高凌风顿时被刺伤了。忽然间,他觉得自己在和两个"月球人"谈话,彼此说彼此的,完全无法沟通。他跳了起来,愤怒涨红了他的脸,他激怒地说:"伯母,我不是来接受侮辱的!"

夏太太蹙紧眉头,深思地看着高凌风。

"我并没有侮辱你,我只是和你谈事实,难道我说的不是事实吗?如果你觉得这是侮辱,那只能怪你选择了这么一个奇怪的志愿!"

"听我说,高凌风!"夏继屏接口说,"台湾的情况和欧美不一样,欧美能够有猫王和披头,台湾并不需要猫王和披头,需要的是脚踏实地去干的青年!"

"您是在指责我不脚踏实地了?"高凌风愤然地问,声音里充满了恼怒与不稳定。"不错!"夏继屏深沉地回答。

高凌风瞅着他,那年轻的脸庞由红而转白了,他忍不住冷笑了起来:"没料到你们连歌唱是一种艺术都不知道!你们地位显赫,却如此思想保守,眼光狭窄……"

小蝉再也按捺不住了,在父母和高凌风谈话的时间内,她始终苦恼焦灼,而沉默地待在一边,现在,她跳了起来,警告地、大声地阻止着凌风对父母的冒犯。在她二十年的生涯里,从没对父母有过忤逆与不敬的行为。

"凌风!不许这样!"她喊着。

高凌风很快地看了她一眼,他心底像被一把利刃刺透,小蝉!小蝉也站在她父母一边?在这栋豪华的住宅里,他高凌风是孤独的,寂寞的,寒酸的……他不属于这屋子,不属于小蝉的世界!"让他说!"夏继屏仍然深沉而稳重,语气里却有一股极大的力量,"高凌风!我们都是思想保守、眼光狭窄的老古董!你自以为是天才艺术家!是吗?我告诉你,你或者能唱唱歌,但是,唱歌不是一个男子汉的事业!我对你有一句最后的忠告,与其唱歌,不如去干你的本行,森林!"

"我想我有权利选择自己的事业!"高凌风大声喊。

"你当然有权利!"夏继屏紧紧地盯着他,"你还没有受过这个社会的磨炼,你根本没有成熟,除了做梦以外,你什么都不懂!"

"做梦?"高凌风喘着气,深沉地、悲愤地看着夏继屏,"我还能做梦,可悲的是,这世界上太多的人,已经连梦都没有了!"夏继屏震怒了!这鲁莽的、眼高于顶的浑小子,乳臭未干,却已懂得如何刺伤别人了!他恼怒地说:

"你太放肆了!高凌风!你眼高于顶、浮而不实!只怕将来是一事无成！从今天起，我只能警告你，你可以做梦唱歌，当歌星，当猫王，当披头，但是，你却从此不可以和我女儿来往！"高凌风高高地昂着头，他直视着夏继屏，狂怒而坚定地，一字一字地说："伯父，我很尊敬你，你可以骂我眼高于顶，浮而不实，你可以轻视我的志愿，藐视我的未来。但是，你无法限制我的感情，我告诉你，我爱小蝉，爱定了！"

说完，他转过身子，就大踏步地直冲出夏家的客厅。小蝉目睹这一切，她昏乱了，慌张了，手足失措了！她身不由己地追着高凌风，大叫着：

"凌风！凌风！"

"小蝉！"夏太太喊，"别追他！你回来！"

小蝉站定了，望着父母，她满面泪痕，声音哽咽，她呜咽着对父母喊："你们为什么不好好和他谈？你们为什么不设法去了解他？"喊完，她抛开父母，仍然直追出大门。

外面，高凌风已经气冲冲地走到阳明山的大道上了。沿着大道，他像个火车头般喘着气，往前直冲。生平没有受过如此大的侮辱，生平没有受过这么多的轻视！他直冲着，脚步又快又急，后面，小蝉在直着脖子喊：

"凌风！凌风！你等我！凌风！"看到高凌风固执地往前走，她伤心了，她哭着喊，"高凌风！你是在和我爸爸妈妈生气呢，还是在和我生气呢？"

高凌风站住了，回过头来，他望着小蝉。小蝉奔近了他，喘吁吁的，带泪的眸子哀怨地瞅着他。他一把抓住小蝉的胳膊，急切地说："小蝉！和我私奔吧，我们去法院公证结婚！"

小蝉大吃了一惊。"你在说些什么？"她愕然地问。

"你知道吗？你父母是两个老顽固！他们要给你招一个驸马爷，我只是个浪子，不是驸马的料，所以，我只好拐跑你！跟我走！小蝉！吃苦，我们一起吃，享福，我们一起享！跟我走！小蝉！"

"你在胡说些什么？"小蝉惊愕而不信任似的望着他，"你明知道我永远不可能背叛我父母！如果你想要我，你就必须取得我父母的谅解！"

"你父母的谅解！"高凌风冷笑了，"他们永不会谅解我！我和他们之间隔了二十年！这二十年是多大的一条代沟！"

"你不能都怪我父母！"小蝉气恼而矛盾，"你想想看，你刚刚是什么态度！而且，我父母的话也有道理，唱歌真的不是一个男人的事业……""哈！连你也否决我了！"

"不是，凌风！"小蝉急得满眼眶的泪水，"我相信你有才气！我永远忘不掉你那支《大眼睛》！可是，我是我爸爸妈妈的乖女儿，他们做梦也无法把我和歌星联想在一起！你……你如果真爱我，难道不能和我父母妥协……"

"放弃歌唱吗？永不！"高凌风吼着，"你休想要我放弃我从小的愿望！你休想！""那么，你就要放弃我！"

"也休想！"高凌风固执而倔强，"我要你，也要歌唱！缺一不可！你如果爱我，你就不要管你的父母……"

小蝉猛烈地摇头，仓促地后退。"不！不！不！"她喊着，伤心而绝望，"你什么都不能放弃，却要我放弃我的父母？你是个疯狂而自私的人物！我父母养我，育我，爱我！我不能，绝不能！"她掩面而泣，反身向家里狂奔而去。高凌风站在那儿，瞪着她的背影消失。顿时间，他觉得胸口剧痛而五内如焚，在这一瞬间，他忽然有个强烈的预感，他要失去小蝉了。

第六章

放暑假了，整个暑假，高凌风见不到夏小蝉。他暴躁，易怒，而烦恼，但是，小蝉却踪影全无。他打过电话，夏家听到他的声音就挂断电话，写过信，却完全石沉大海。急了，他去求救于李思洁，李思洁带来的消息却令他寒心。

"高凌风，你不知道，夏小蝉每天被她父母用软功，她生来就是那样娇柔的人，怎么禁得起她母亲的死劝活劝。据我所知，小蝉已经动摇了。她说，你就像你的名字，是一阵狂风，猛烈而不安定。何怀祖呢？像一棵大树，稳定而能给她庇护……""何怀祖！"高凌风暴躁地叫，"那个阴魂不散的何怀祖怎么又冒出来了？""不是又冒出来了，"李思洁说，"是从来没有消失过。现在，何怀祖在受军训，他每天一封情书，每星期回台北来见小蝉一次。你知道,小蝉一向不是意志力很强的人,何怀祖和她是青梅竹马,两方的家庭又都是世交。发生了你的事情之后,夏家又极力撮合他们。所以,据我看,高凌风,你是凶多吉少!""不行!"高凌风猛力地捶着桌子,"李思洁,你帮我安排,我必须见小蝉!""没有用的,高凌风,我对小蝉说了。她说,见了你只有让她更苦恼,她要冷静地思考一阵。"

"冷静!"高凌风大喊,"我这儿整个人都像火烧一样,她居然能够冷静!"李思洁望着他直摇头。

"我觉得,你们两个从一开始就是困难重重,如果我是你,早就放弃了!""放弃?"高凌风吼着,"我的生命里,从没有放弃两个字!"

但是,不放弃又能怎样呢?新的学期开始了。小蝉所有的课和高凌风的都不一样,她躲避他,不见他。守在校门口,高凌风捉住了小蝉:"小蝉,你说清楚,你是不是预备一辈子不见我了?"

小蝉摔开了他的手,挣扎着喊:

"凌风,你饶了我吧!"

她跑了,跳上一辆计程车,她连课也不上,就干脆回家了。高凌风怔在那儿,然后,他狠狠地跺了一下脚。

"不放弃!不放弃!我永不放走你!夏小蝉!"

然后,像是一声霹雳,消息传来,夏小蝉和何怀祖终于正式订婚!报上的订婚启事登得明明白白,一切都已经是无法怀疑的事实！高凌风待在卧室里，望着自己书桌上那张小蝉的照片，他在桌上猛捶了一拳，那镜框被震倒在桌面上，高凌风拿起镜框，用力捏紧，他浑身颤抖地对镜框狂叫：

"你骗我！骗我！骗我！你不可能跟他订婚！这一定不是你心甘情愿的！是你父母逼你的！小蝉，你懦弱，你懦弱！你懦弱！你为什么不反抗？为什么不反抗？"

"凌风！"父亲悄然地站在他身后，"算了吧，别折磨自己了！""不行！"高凌风把镜框摔在桌上，"我要去找她！我要去找她！"他回身就跑，"我要问清楚！"

父亲一把抓住了他，死命地拉住了他的衣服。

"凌风！你别发疯了！你不要去闹笑话！"

"爸爸！你放开我！让我去！"高凌风狂叫着。

"凌风，你冷静一点，你听我说！"

"冷静？爸爸！你叫我怎么冷静？我的女朋友跟别人订婚了，我应该怎么样？带份礼去向他们道贺？笑着向他们恭喜？爸爸，你不了解我，我从没有这样爱一个女孩子，我不能眼睁睁地看她躺在别人怀里！"

"那你要怎么办？"父亲也激动了起来，"他们已经订婚了，你去打架？你去抢人？这都不是解决问题的办法！你要是真正的男子汉，你就应该挺起来咬紧牙根，去承受这个打击，男子汉大丈夫，何患无妻？他们看不起你，你更应该争口气给他们看！这才算你真正有性格，有骨气！凌风，你心痛，爸爸看了更心痛，可是，你不能乱来呀！"

高凌风闭紧了眼睛，痛楚地一拳捶在镜框的玻璃上面，玻璃碎了，碎片一直刺进高凌风的皮肤里，血渗透了出来，模糊了那张照片。父亲尖叫着：

"凌风！你干吗？"高凌风迅速地回转身子来，脸色苍白如纸："我必须去找她！我必须！"

他冲出了家门，冲上了街道，在夜色中向前疾奔，踉跄着，他叫了一辆计程车，直驰向阳明山。夏家的铁门阖着，门内，是那花木扶疏的院落，他发疯一样地按着门铃。然后，一个下女来开了门，看到是他，就急于要关门，他用脚抵住了大门，直冲到院子里，他站在草坪上，浴在月光中，放声狂叫："小蝉！夏小蝉！你出来！"

夏太太跑了出来，站在门口，直视着高凌风：

"高凌风，你要我报警吗？"

"伯母！"高凌风压抑着自己，生平第一次这样低声下气，他近乎恳求地说，"请你让我见她一面！"

"对不起，你不能见她！高凌风，你就让她过过平静日子吧！小蝉已经订婚，不是当初的小蝉了，你聪明，也懂事，就不要再纠缠她了！"

"伯母，你如果了解感情……"

"我了解，我很了解，我知道你痛苦，可是我爱莫能助！"

高凌风再也按捺不住，大吼大叫：

"你了解？你什么都不了解！我要见小蝉，我非见她不可！谁也阻止不了我！"他又放声高呼，"小蝉！小蝉！小蝉！"

那整栋大楼都寂无声响，小蝉隐在何方？高凌风仰头望着那幢高楼大厦，那些灯光闪烁的窗子，那些飘荡的窗纱，那压迫着人的沉寂……小蝉，小蝉在何方？他退后了一步，抬着头，发出一声裂人心魂的狂叫：

"小蝉——！我爱你！"

一阵楼梯响，一阵门扇的开合声，小蝉从屋里直冲了出来，她穿着件白纱的洋装，披着一头乌黑的长发，那对"大眼睛"里闪满了泪光，脸上是一脸的迷乱与痛楚，站在门内的灯光下，她嚷着说："凌风，你真的发疯了吗？"

高凌风"奔"了上去，不顾一切地抓住小蝉的手，他喘息着说："小蝉，要见你一面，竟比登天还难！"

夏太太拦了过来，严肃地说：

"小蝉，你进去！"

高凌风死命拉住小蝉的手腕。

"小蝉，给我几分钟，我一定要跟你谈一次！否则，我会日日夜夜，从早到晚守在你家门口，我说得出，我就做得到！你信吗？"

"我信！我信！"小蝉啜泣着说，"好，我们出去

45

谈!"她回头望着母亲:"妈!我要跟他谈一下。"

"小蝉!"夏太太担忧地叫。

"妈,请让我跟他谈一谈!"

夏太太摇摇头,叹口气:

"小蝉,只要你记住你自己的身份!只要你知道自己在做些什么,只要你不伤父母的心!"

小蝉俯头不语,高凌风拉着她的手,把她一直拉出了大门。沿着阳明山的大道,他们向前无目的地走着。山风在他们身边穿过,流萤在草丛里闪耀着微光,天际,无数的繁星,在穹苍中闪亮。山下,台北市的万家灯火,正在明明灭灭。

他们在一株大树下的石椅上坐下来。小蝉哀怨地、含泪地瞅着他:"凌风,你就不能对我放手吗?"

"不能!""你知道,我要和怀祖结婚了!"

"你不会嫁他!""如果我会呢?""我等你!""我结了婚,你还等什么?"小蝉愕然的。

高凌风死盯着她:"等你们离婚!""我不离婚呢?""等他早死!"小蝉惊讶地看着他,眼睛里充满了迷乱。

"他不早死,他活一百年呢!"

"我等一百年零一天的时候娶你!"

小蝉睁大了眼睛,一眨也不眨地望着他。高凌风也热烈地回视着她,他眼底所燃烧着的那份痛楚与坚决把她折倒了,她更加迷乱更加无助了。她的嘴唇翕动着,泪珠泫然欲坠。好半晌,她说不出话来,只在高凌风专注的凝视下震颤。然后,她终于说:"凌风,我对你就这么重要吗?"

"比你所体会的更重要!"高凌风咬着牙说,"从在心理学教室中第一次见到你,我就知道了,你是我这一生,唯一所要的女孩子!我要你,要定了!你订婚,我要你!你结婚,我要你!你离婚,我要你!你当了寡妇,我还是要你!"

小蝉眉端微蹙,眼泪沿颊滚落。
"凌风,你真固执,知道吗?"
"知道。""你真讨厌,知道吗?"
"知道。""你真逼得我不知如何是好,知道吗?"
"知道。""可是……"小蝉哭了,她无助地,挣扎地说,"我真爱你,你知道吗?"高凌风深抽了口气,一阵狂欢下,他竟觉得头晕目眩。伸手揽住小蝉的肩,他面对着她。小蝉拼命地摇着头,迷乱地、喃喃地、苦恼地说着:"我好苦,好苦。父母的亲命难以违背,怀祖的柔情难以抛躲,而你,你……你……你却带给我多大的甜蜜的疯狂!啊,凌风!我投降了,我投降了!我承认我爱你!爱你!爱你,爱你……"高凌风一把紧拥住她,他的嘴唇疯狂地压住了她的,带着战栗的喜悦,和灵魂深处的渴求,他辗转地、紧迫地、深沉地吻着她,堵住了她那继续不断的呢喃。

于是，历史又改写了。于是，失去的又复得了。于是，这晚，小蝉回到家里，站在父母的面前，她大声地、坚决地、不顾一切地，向父母郑重地宣布了：

"爸爸，妈！你们说我疯了也好，说我瞎了眼睛也好，说我没头脑也好，说我鲁莽糊涂也好！我要和何怀祖退婚！你们骂我吧！骂我不孝，骂我没出息，骂我拿订婚当儿戏……随你们怎么骂我，我都承认！我只要跟高凌风在一起！永远跟他在一起！"说完，她转身就跑。父母面面相觑，都呆了。

第七章

接下来的一段日子，高凌风又飞上了青天。他笑，他唱，他跳，生命里还能有多少喜悦，多少狂欢呢！他每日和小蝉见面，无数的笑容，无数的眼泪，无数的海誓与山盟！一段分手后的相聚更加珍贵，一段挫折后的重圆更加甜蜜。再加上，那个"品学兼优"在失恋之余，就出国修博士去了。阴影既除，高凌风怎能不手之舞之，足之蹈之呢？他为小蝉又作了一支歌，整天不断地哼着：

女朋友，既然相遇且相守，
共度好时光，携手向前走！
乘风破浪，要奋斗不回头，
与你同甘苦，青春到白首！
……

与你同甘苦,青春到白首!高凌风哼着,唱着:"自从有了你,欢乐在心头,只盼长相聚,世世不分手!"哦!唱歌吧!欢笑吧!恋爱吧!这世界美得像一首诗!好得像一支歌!

"爸爸妈妈拿我没办法,他们说我是叛徒!凌风,为了你,我在父母心目里的地位,已一落千丈。"小蝉说,"但是,我不后悔,总有一天,他们会谅解我!"

"我不会辜负你,小蝉。"高凌风郑重地说,"我知道你为我受了多少苦,多少辛酸,我会好好爱你,小蝉!用我整个生命来爱你!"那段日子,高凌风和小蝉,徐克伟和李思洁,他们四个总在一块儿玩,一块儿疯,一块儿计划未来,一块儿说梦,一块儿享受着青春与欢乐。快乐的日子似乎特别容易消逝,转眼间,春去夏来,高凌风和徐克伟都毕业了,马上,就要入伍受军训,面临的是和小蝉、李思洁的离别。

离别,是天下最苦的事情,对高凌风而言,更是"离愁"再加上"担心"。把小蝉的手放在李思洁的手里,他不止一次地、诚恳地、祈求地对李思洁说:

"李思洁,帮我照顾她!帮我看牢她!"

"哎,凌风,你还不信任我?"小蝉问。

"小蝉!"高凌风默默摇头,握紧了小蝉的手,"你什么都好,就是优柔寡断!我在你眼前,你不会变,我走了，谁知道那个何怀祖会不会追回来……"

"哎呀，凌风，别乱操心了，何怀祖急于拿博士，才不会回来呢！他不像你这样动不动就发疯发狂的！"小蝉说，深深地注视着高凌风，"何况，我誓也发了，咒也赌了，你要怎么样才相信我？好吧，我告诉你，如果我再变心，就让火车把我撞得粉碎，撞得……"

高凌风一把用手蒙住小蝉的嘴，把她拉进了怀里，他哑声说："别赌咒，小蝉！别说这种话！千万不要！即使你将来变了心，我也要你完整而健康，好让我——"他哽咽了，"还有机会等你！"小蝉抬头望着高凌风，惊愕、感动而热烈地大喊了一声："凌风！千军万马也不可能把我从你身边拉开了！哦！凌风！你不可以流眼泪，如果你流泪，我就要放声大哭了！凌风！"高凌风紧拥着她，吻她，又吻她。

"怎么回事？"徐克伟不解地望着他们，"高凌风，你不过是去受训，碰到假日就可以回来，又不是生离死别，你们这是在干吗？""他们才恩爱呢！"李思洁噘着嘴说，"谁像你那样麻木不仁！""呵！思洁，"徐克伟说，"原来你也要我吻你！直说好了，兜什么圈子呢！""胡说八道！"李思洁又笑又骂。

离别的时刻终于到了。"惜别尽俄延，也只一声珍重！"高凌风和徐克伟上了火车，眼见小蝉和李思洁在月台上的身影越来越小，高凌风站在车厢门口，不住地凝望，不住地挥手，心里却像刀剜般的痛楚。小蝉悄然伫立，长发飘然，他忽然觉得，这真是"生离死别"一般。

经过三个月的集训，高凌风被分发到南部，军中生活规律而有秩序。除了相思，是无了无休的折磨以外，他过得严肃而紧张。他每天最大的喜悦，是收小蝉的信，每天最固定的工作，是给小蝉写信。小蝉几乎每天都有信来，道不完的相思，说不完的珍重，看样子，月台上的担心都是杞人忧天，他的小蝉不会再变了！他的小蝉是痴情而坚定的！

但是，但是，但是……人生的事是"绝对"的吗？谁能料得准未来，控制得了命运？

这天，忽然间，高凌风收到李思洁一个紧急电报：

S—O—S—小蝉偕其父母即日赴美，速归。

洁。

高凌风只觉得脑子里轰然一响，眼前立即金星乱冒。仓促间，他居然还能冷静地奔去请了假，又奔去买到台北的车票，再打长途电话给李思洁，李思洁只是焦灼地喊：

"我到车站来接你，一切见面再谈！反正一句话，小蝉是身不由己，她父母买好机票，对她说度假两个月……她又相信了,你快来,或许还来得及阻止!"

从来不知道,火车的速度这样慢!为什么人没有翅膀,可以立刻飞往台北。哦,小蝉,小蝉,他心里喊了一千声,一万声……小蝉,小蝉,求求你别走,求求你!小蝉,不要太残忍!不要太残忍!火车终于到了台北,他挤出车站,李思洁一把抓住他,泪眼模糊地喊:"他们又提前了一班飞机,就怕你赶回来阻止!现在已经都去了机场,恐怕飞机都起飞了!"

他的心脏被冰冻住了,而脑子里却像燃烧着一盆烈火,周身又冷又热,一句话也说不出来。叫了计程车,直驰向机场,在计程车里,李思洁语无伦次,颠颠倒倒地叙述:

"小蝉事先一点都不知道,她父母是瞒着她办的出国手续,小蝉连写信的时间都没有,她和我通电话,只是哭,要我告诉你,她只去两个月,马上就回来,我叫她不要去,她只是哭,说不能让父母伤心,说她一定回来,一定回来……"李思洁再说了些什么,高凌风是一个字也听不见了,他的心在剧烈地绞痛,痛得他满头冷汗。车子在机场大门口停了下来,他跳下车,冲进机场,机场的人怎么那么多!他踉跄地、急切地挤向出境口,嘴里开始疯狂地叫着:

"小蝉!小蝉!小蝉!"

挤到了出境口,他一眼就看到了小蝉!她在出境室

里面,正被父母拉着往前走,高凌风狂呼:

"小蝉!你回来,你不要中计!小蝉!"

听到呼唤,小蝉回过头来了,大叫了一声,她急欲奔出来,但是,夏继屏夫妇架着她继续往前走,她只能做手势,喊着,她越走越远,高凌风无法进入出境室,也听不见小蝉喊些什么,他眼见她的身影消失。这一道玻璃门,竟如天堑般难以飞渡!慌乱中,他一转身,奔向二楼,又奔向瞭望台,抓着那铁丝网,他眼睁睁看着小蝉在机场上走向飞机,他撕裂般地狂吼了一声:"小蝉!你回来!请求你!"

小蝉回过头来,对瞭望台上的他比着手势,不住口地说着,说着,而他一个字也听不到,他抓紧了铁丝网,不顾一切地狂喊:"小蝉!你回来!你发过誓!你不要傻!你这一去,不是两个月,你走了,就再也不会回来了!小蝉!你不要太傻,不要太傻!不要!不要!小蝉……小蝉……"

小蝉被拖上了飞机,消失了踪影,他还在说,还在说,还在说,说些什么,他自己也不知道,他只是说着,求着,说着,求着……飞机在跑道上滑行,他继续说着,喊着,求着……飞机终于破空而去。他把额头抵在铁丝网上,顿时间,全身的力量都失去了,他弯下腰,痛苦地瘫在地上。

第八章

小蝉走了一年半了。高凌风坐在那参天古木的原始森林里,望着徐克伟指手画脚地对伐木工人说话,望着那电锯迅速地在千年古树上碾过去,望着那巨木倾斜,和由缓而快地砰然倒下。奇怪,一棵大树的成长要上百年千年,被斫倒却只需十分钟!破坏一向比建设来得容易!他凝视那躺倒在地上的巨木,仍然绿叶婆娑,仍然枝丫分歧,在那斑驳的树干上,还长着一层厚厚的青苔。这样一棵树,还需要经过多少道处理,才能变成一块有用的"良材""栋梁"!"栋梁",古人早就有"栋梁"二字,原来,"栋梁"是需要天时地利,百年以至千年的培育!而人呢?一个人的成功,又要经过多久的磨炼呢?他用手托着下巴,对那棵树愣愣地发起呆来。

徐克伟走近他的身边。

"今天上午的工作完了，"他轻松地拍拍衣服上的树叶和木屑，"我们走走吧！凌风！"

高凌风站起身来，他们并肩走在那阴暗的丛林里，密叶浓遮，阳光几乎完全射不进来，林内落叶满地，而风声飒然。徐克伟深深地看了高凌风一眼："凌风，你来山上快一个月了，觉得怎么样？"

高凌风耸了耸肩："没怎么样，枯燥而乏味！"

"凌风！"徐克伟忍不住说，"你对森林有成见！以前我们一起念书，你的聪明才智都超过我，功课也比我好，可是，你就是不能把你的感情和森林糅合在一起……"

"我的感情！"高凌风不耐地打断了他，"我的感情在美国追小蝉呢！"徐克伟愕然地看着高凌风。

"你还没对小蝉死心呀？她说只去两个月，现在去了一年半了，你还有什么梦可做呢？"

"我反正等她！""你的人生，就被你的固执所害了！"徐克伟注视着他，"拿工作来说吧，以前我念森林系，也是糊里糊涂考进去就念了，既谈不上兴趣，也谈不上抱负。可是，一旦来山上工作，才发现山林的伟大，和自然的神奇……"

"我不觉得有什么伟大！"高凌风又打断了他。

"你也不觉得我们育林、造林、植林、种苗的价值吗？"

"我承认这些事情有价值！只是我没有兴趣！我要下山去唱歌！""你还是要唱歌？""我从没有放弃过唱歌

的念头,我这一生,对我真正有意义的事只有两件!一件是唱歌,一件是和夏小蝉结婚!我要做到这两件事!"

"我以为……什么唱歌、弹吉他,敲锣打鼓那一套,只是孩子时代的玩意儿,现在我们长大了,应该正面来面对生活了!说真的,凌风,你应该留在山上工作,山上一直人手不够,每年森林系毕业的学生,都不上山而出省,这已经够滑稽。你呢?更怪了,你要唱歌……"

"好了!好了!"高凌风恼火地叫,"你的语气倒有点像小蝉的父亲,是什么因素把你变成了一个只会说教的老头子!"

"我不是说教!"徐克伟也有些激动起来,"我只是从一个孩子变成了大人!而你,还是个小孩子,还停留在十八岁!"

"我停留在十八岁!你已经让这些老树把你变成了八十岁!我宁可停留在十八岁,也不愿意变成八十岁!我明天就下山!"高凌风吼着,"你不可理喻,四年大学全是白念!"徐克伟也吼着:"年龄越大,你倒越来越任性和固执了!"

"你老气横秋,年轻人的朝气全没有了!你的冲劲呢?活力呢?热情呢?你老了!徐克伟,你已经老了……"

徐克伟站住了,他一把抓住高凌风的衣服,激动而恼怒地叫着说:"你看看我,凌风!我的肌肉结实了,我的皮肤晒黑了,我的思想成熟了!当年我们在学校里追女孩子，做梦说梦的时代都过去了。我们必须面对现实！你看看你自己吧！憔悴，苍白，精神萎靡，前途茫茫……至今，你仍然像只没头苍蝇一样嗡嗡乱飞……到底我们谁没有冲劲活力？谁老气横秋？"

"你不可能把我变成你！"高凌风叫着，"你安于现状，你喜欢森林，你又娶了你所爱的女孩子……你处处都比我强，比我顺利……"

徐克伟望着高凌风那苦恼的眼睛、那落寞的神态，和那憔悴的容颜，他顿时心软了。吵什么呢？高凌风，他像个寂寞的孤魂，小蝉走了，把他所有的欢乐就都带走了！留在这儿的，只是个寂寞的躯壳。他叹了口气：

"算了，凌风，我们哥儿两个，有什么好吵的。反正，每个人有自己的道路和志愿。我们回去吧！思洁还等着我们吃中饭呢！"走出了那茂密的丛林，天色阴阴暗暗的，远处的云层堆积着，山风吹来，带着深重的凉意。他们沿着山上的小径，回到林场的宿舍，李思洁早已倚门盼望了。

坐在饭桌上，李思洁一面端菜端碗，一面笑望着高凌风，说："怎么？明天真的要下山？"

"真的！""还要当汤姆钟斯？"李思洁笑盈盈地。

高凌风望着李思洁，脑子里蓦然浮起李思洁和夏小蝉在上心理学的情形，一个穿蓝，一个穿白，喁喁而谈，悄悄私语。如今，李思洁和徐克伟已成夫妻，夏小蝉却漂洋过海，音讯全无！

他低叹了一声，忽然说："思洁，我不了解你！"

"怎么？""我觉得你是个都市味道很重的女孩子，又读到大学毕业，你怎么能放弃山下的繁华，安静地待在这个枯燥乏味的山上？"

李思洁笑了笑，看了徐克伟一眼："别忘了，我是一个女人！对一个女人来说，爱情在什么地方，什么地方就是我的窝！"

高凌风觉得心里微微一震，他深思地望着徐克伟和李思洁，是的，爱情在什么地方，什么地方就是女人的"窝"。那么，小蝉的"窝"在哪里？李思洁似乎看出了高凌风的思想，她嫣然一笑，打岔地说："放心，高凌风，你将来总会碰到一个女孩子，愿意跟你上山或下海！"

"将来？"高凌风问，"为什么要用将来两个字，难道你还不知道，我对小蝉是永远不会死心的！"

"你……"李思洁欲言又止，叹口气，她摇摇头，"你真是我见过的男孩子里最固执的！"

外面有人敲门，一个邻居的小孩子在叫：

"徐叔叔，有你们家的信！"

李思洁站起身来走出去，立即，她握着一个厚厚的信封走了进来，满脸的笑容与惊喜，她说：

"嗨！凌风，真是说曹操，曹操就到！你猜是谁的信？"是小蝉写给你的！我上星期才写信告诉她你在山上……"

李思洁的话没说完,高凌风已跳起身子,一把抢过了那封信,看看封面,他就"唷呵!"地大叫了一声,紧握着信封,他发疯一般地冲出了屋子。

　　喜悦来得太快,高凌风简直不知道该如何应付,好久没接到小蝉的信,他已经怀疑她把他忘记了。但是,现在,小蝉的信又来了!他的小蝉!他紧握着信封,一直奔进了树林,奔到丛林深处,他要独享这份快乐。然后,他喘息着靠在一段树干上,望着那信封,他把信贴在胸口,默祷三分钟!然后,他拆开了信,抽出信笺,一张照片跌落在地上。他俯身拾起那张照片……他的呼吸停止了两秒钟,头脑里一阵昏乱与眩晕。但是,他却出奇地冷静,出奇地麻木,他凝视着那张照片,小蝉,好美,美得令人难以相信。只是,她头上披着婚纱,何怀祖站在她身边,正把一个结婚戒指套向她的手指。

　　他打开信笺,机械化地、下意识地读着上面的句子:

凌风:

　　接到这封信,你一定恨透了我,我能说什么呢?自从来美国以后,怀祖的深情,父母的厚意,使我难于招架。我一直是个没有主见的女孩。我想,我是不值得你爱的。你也说过,我柔弱,我心软,我优柔寡断。事实上,我浑身都是缺点。请你不要再以我为念!忘记我吧,凌风！我不敢请求你的原谅，只能请求你忘记我……

信笺从他的手上飘落到地下，一阵风来，信笺随风飞去。他低垂着头，麻木地往前走着。风大了，树林里全是风声，一片片的落叶飘坠下来，落了他一头一身。他站定了，蓦然间，他仰头狂叫："啊……"他的声音穿过树梢，透过森林，一直冲向层云深处。

第九章

三个月过去了。高凌风在屋子里来来回回地踱着步子，从房间的这一头走向那一头，数着自己的脚步，数着窗外的雨声，数着求职失败的次数。三个月来，他去过每一家夜总会，见过许许多多的经理，但是，竟找不到一份工作！

"凌风！"父亲心痛地望着他，"你心里有什么烦恼，你就说出来吧！"高凌风在床沿上坐下，用手抱住了头。

"我知道你心里的苦闷，知道你不开心，或者，是我不好，当初你要学音乐，我不该要你学森林！"

高凌风闷声不响。"凌风，"父亲忧伤地说，"怎样你才能快乐起来？"

高凌风抬起头来，望着两鬓斑白的父亲，顿时百感交集。他摇摇头，说："别说了！爸，我帮你改考卷去！"

父亲拦住了他:"不!凌风!去夜总会找个唱歌的工作,去唱去!"

高凌风睁大眼睛望着父亲。"你有天才,凌风,你唱得出来!"父亲热烈地说。

"可是,爸爸!"高凌风慢吞吞地,"我已经试过好几家夜总会了。""怎样?""没有人愿意用一个无名小卒!"

"所有成名的歌星,在未成名前都是无名小卒!"

高凌风怔了,望着父亲,他在老父眼中看出过多的东西:鼓励,关怀,慈爱,与信任!他毅然地一甩头,转身就往屋外走:"对!爸爸,我再去闯去!"

跑上了大街,走到霓虹灯闪烁的台北街头,他不知道别的歌星是怎样"闯"出来的!夜总会的门口,挂着主唱歌星的照片,一张又一张,这些歌星怎样成名的?也和他一样毛遂自荐地去敲每个经理的门吗?

终于,他走进了"寒星"夜总会的大门,见着了那"神气活现"的李经理,站在那经理面前,他像个展览品般被那经理从上到下地打量着。"你不够帅!""我知道!""衣服太土!""我去做!""头发太短!""我留长!""你免费唱?""不要钱!"

李经理考虑片刻,终于像给了他莫大恩惠一般,点点头说:"好吧!就让你免费试唱一个月!先说清楚,这一个月没有任何待遇!唱得好,以后再说!"

没有任何待遇!但是,总算站上了台!第一次拿着麦克风演唱,他不知道自己是忧是喜!台下宾客满堂,笑闹之声不绝于耳,他握紧了麦克风,带着三分忧郁,七分真情,他开始唱一支歌,歌名叫《一个小故事》:

> 我要告诉你们一个故事,
> 这故事说的是我自己,
> 多年以前我和一个女孩相遇,
> 她不见得有多么美丽!
> 只因为她对我静静地凝视,
> 我从此就失落了自己。
> 我们曾做过许多游戏,
> 也曾在月下低言细语,
> 至于那些情人们的山盟海誓,
> 我们也曾发过几千几万次。
> 有一天她忽然离我远去,
> 带走了阳光留下苦雨。
> 自从她去了我只有细数相思,
> 日子就像流水般消逝。
> 等待中分不清多少朝与夕,
> 然后她寄来一张照片!
> 她披着白纱戴着戒指,
> 往日的梦幻都已消失!
> 乌云暴雨我怎能再有笑意?

我只能告诉你这一个故事!

他唱着,唱着,唱着。不只用他的声音唱,而且,用他的感情唱。眼泪和着哀愁咽向肚里,声音带着悲怨散向四方。依稀仿佛,他又看到小蝉,小蝉的"大眼睛",小蝉的笑,小蝉的娇柔,小蝉坐在图书馆里……他唱着,一句"她披着白纱戴着戒指"是从内心深处和泪而出,他的心撕裂般痛楚。唱完了,他低头鞠躬,大厅里笑闹依然,有几个人"听"到了他的歌声?忽然,几声清脆的掌声传进了他的耳鼓,难得的还有掌声!他不由自主地向那掌声传来之处看去。立刻,他接触到一对温柔的、女性的眸子,他微微颔首致意,那女的对他鼓励地笑笑。他注意到,她不是一个人来的,她身边还有一个男伴。他退了下去,到后台的时候,他才觉得那女的相当面熟,下意识地,他再对她看了一眼,清秀的面庞,尖尖的下巴,华丽的服饰,雍容的气度……可能是个演员,可能是个明星。他走进后台,不管她是谁,她是全场唯一给了他掌声的人!就这样,他总算开始了他的歌唱生涯,虽然是没有待遇的!站在台上,他每晚唱着。"一个小故事",谁知道这"一个小故事"里有多少眼泪!"大眼睛",谁知道那"大眼睛"已远在天边。他唱着,唱着,唱着……于是,他发现,那唯一鼓掌的女性几乎每晚都来,坐在她固定的角落,她常常燃起一支烟,动容地倾听着他唱"一个小故事"。难道,她也有"小故事"吗?她也了解什么叫"失恋"吗?但是,她的男友几乎每晚都伴着她,细心地照顾着她。不!像她那样的女人天生是男人的宠物,她决不知道什么叫"失恋"。

然后,有一晚,当他唱歌时,他发现她是一个人来的了。接连几天,她都一个人坐在那儿。她的男友呢?他并不十分关怀,因为,她脸上身上,都没有"失恋"的痕迹,她依然雍容华贵,依然落落大方。燃着一支烟,她只是倾听……抽烟的女人,在高凌风心中,是另一种阶层。属于酒席,属于珠宝,属于高楼大厦!在后台,他无意地听到侍者的两句对白:

"那个孟雅苹一定和魏佑群闹翻了!"

"你怎么知道?""这几夜,魏佑群都没有陪她来!"

"或者,是魏太太打翻了醋坛子!"

他若有所悟,魏佑群和孟雅苹,这两个名字常连在一起,被别的歌星所提起。那孟雅苹,似乎是时装界的宠儿,他恍然大悟,为什么她那么面熟了,他在电视上看过她!她是个著名的时装模特儿!那魏佑群是纺织界的大亨,换言之,是她的雇用者。孟雅苹和他有什么关系呢?孟雅苹的世界离他太遥远。只是,孟雅苹给了他太多的掌声。唯一的,肯给他掌声的人!

这晚,他登台以前,李经理叫住了他:"你能不能态度潇洒一点儿?"

"什么意思?""观众批评你阴阳怪气!"

"我长得就是这副德行!"他没好气地说。

"客人花钱是来找乐子,不是来听你失恋的牢骚!"

"失恋?"高凌风顿时涨红了脸,恼怒地吼着,"你怎么知道我失恋?"

"好好好!"李经理不耐地说,"随你怎么唱吧!"

冲到台前,高凌风仍然怒火填膺,真倒了十八辈子霉!免费唱歌还要受这么多挑剔!失恋,是的,你高凌风是失恋了!你的夏小蝉早就飞了!失恋,是的,失恋两个字写在你的脸上,压在你的肩上,挂在你的胸前……全世界都知道你高凌风失恋了。拿着麦克风,他又开始唱"一个小故事"。失恋就失恋吧!他只想唱这一支歌:

> 我要告诉你们一个故事,
> 这故事说的是我自己。
> 多年以前我和一个女孩相遇,
> 她不见得有多么美丽……

底下有一桌客人喝醉了,在那儿大声地呼喝着,叫着,闹着,站起来又坐下去,坐下去又站起来……高凌风忍耐着,继续往下唱:

只因为她对我静静地凝视,

从此我就失落了自己……

那醉酒的客人突然跳了起来,大声嚷:

"这个歌已经听了八百遍了!"

"来来!不听歌,喝酒!喝酒!"另一个醉醺醺的客人拉着头一个。高凌风努力压制着自己,继续唱着,但是,那桌客人实在喧闹得太厉害,高凌风停了下来,乐队也慢慢地停了。客人们发现情况有异,都鼓噪起来。高凌风怒视着那桌客人,那醉汉却对着高凌风叫:"怎么?不会唱了?""不会唱,我来唱!"另一个醉汉笑嘻嘻地说,歪歪倒倒地冲上前来,把他一把推开,抢了麦克风就大唱:"我又来到我的寻梦园,往日的情景又复现……"

全场都哗然了,叫好的叫好,笑闹的笑闹,吹口哨的大吹口哨。高凌风望着这一切,顿时间,满腔积压的怒火都从他胸腔迸裂出来,他扑过去,一把就抓住那醉汉的衣服,伸出拳头,他重重地对他挥去,嘴里大骂着:

"他妈的,老子免费唱歌,还受你们的气!"

那醉汉的身子直飞了出去,桌子翻了,碗筷撒了一地。满场都乱了起来,客人们尖叫着,纷纷夺门而逃。高凌风还想扑过去,却被那醉汉的朋友们抱住了,在他还来不及思想以前,已经有一拳对着他的面孔揍来,接

着,他的肚子上、胸口上,更多拳头纷纷而下。他倒了下去,头撞在桌脚上,他最后的意识,是听到一个女性紧张的呼唤声:

"不要!请你们不要!"

第十章

意识恢复的时候,高凌风首先感到那疼痛欲裂的头上,被凉凉地镇着冰袋,然后,有一双忙碌的、女性的手在不住地挪动那冰袋的位置。他睁开眼睛,一阵恍惚,一阵蒙眬,一阵心跳,一阵晕眩……有对大大的"眼睛"在恻然地凝视着他。大眼睛!梦过几千次,想过几千次,呼唤过几千次,呐喊过几千次……他伸出手去,无力地、苦恼地去碰触那张模糊的、荡漾在水雾中的面庞,嘴里低低呢喃:

"小蝉,小蝉?不会是你,不可能是你,小蝉。"

他的手被一只温软的手抓住了,然后,一个清晰的、细致的、温柔的声音在他耳畔响起:

"不,我是孟雅苹。"孟雅苹?孟雅苹是谁?一个似曾相识的名字,一个很遥远的名字,一个与他无关的名字。他努力睁大眼睛,神志清醒了过来。立刻,他发现自己正躺在一间陌生的客厅里,那玻璃吊灯,那贴着壁纸的天花板,和他身下那软软的丝绒沙发,都告诉他这是一间讲究的房间!然后,他看到了那讲究的女主人——那唯一为他鼓掌的客人!

"这是什么地方?""是我家。"孟雅苹微笑着,"你晕倒了,我只好把你带回家来,医生已经看过,没什么关系,只是头上缝了几针而已。"她笑得委婉,"休养几天,就什么事都没有了。"

他从沙发上坐了起来,头上的一阵剧痛使他蹙紧了眉头,那冰袋落在地上了,他身子不由自主地晃了晃。孟雅苹慌忙用手扶住他,急急地说:"再躺一下!"

"不。"他摇摇头,注视着孟雅苹,那长长的、卷曲的睫毛,那澄澈如水的眼睛,那经过细心装扮的脸孔,以及那身时髦的、曳地的长裙。一个漂亮的女孩子!他眼神阴郁地望着她,问:"你干吗要帮我?"

"我——"孟雅苹淡然地一笑,"我也不知道。人应该彼此帮助,是不是?"

"你常来夜总会,"他说,"我注意过你,为什么?"

"听你唱歌!"她答得坦率。

"哈!"他冷笑了,"这世界上还有人要听我唱歌!"

她默默地瞅了他好一会儿。

"不要因为两个酒鬼的胡闹,就否定了自己的价值。"

她柔声地说。"原来我这个人还有价值！"他自嘲地轻哼了一声，盯着她，"我的歌阴阳怪气，有什么好？"

"你的歌里有一份真挚的感情，"她坦白地看他，"我听过许多歌星唱歌，从没有像听你唱歌那样，能听出一份动人的真情。"她眼光恳切，低声问，"那个小故事，是真的吗？"

他把头转向一边，神情懊恼而抑郁。"对不起，"她很快地说，"我不该问。"

高凌风迅速地回过头来了，他激动地、一连串地、倒水似的冲口而出："不！你可以问！是的，是真的！一个女孩子遗弃了我，你看到了我，我有什么地方值得女孩子爱？她的选择对了！那个品学兼优比我好一百倍，一千倍，一万倍！她的父母毕竟有眼光，他们早已知道我今天的下场！连免费给人唱歌都不受欢迎，你看到了，一个落魄的、十八流的卖艺者！"

孟雅苹温柔地把手放在他肩上，站在他面前，她的声音诚挚而轻柔："我从没听过那么美的歌！"

高凌风瞪着她："你撒谎！""决不是！"她低低地说，"那个女孩子，那个离你远去的女孩子，她实在——太没福气！"

高凌风紧紧地盯着她。

"你没有义务安慰我！"他哑声说。

"谁说我有义务？"她挑着眉毛问。

他们彼此注视了一会儿,他站起身来。

"我要回去了,谢谢你照顾我!"

她抓起沙发上的外衣:

"我送你回去!你这样带着伤,我实在不放心!"

他按住了她:"不要。我们那条小巷子,会弄脏了你的衣服!"

"我去换件衣服!""不要!"他固执地说,"我已经没事了!"

她望着他,不敢勉强。他用手扶扶包着纱布的头,一时间,感触良深。他想问她关于医药费的事,又觉得不必了。叹了口气,他走出了屋子,她追过来,送到电梯口,他才发现,她住在一栋大厦的第十楼!属于高楼大厦,属于珠宝的女孩子,却照顾了一个落魄的卖艺者!

回到家里,在父亲紧张而惊愕的关怀下,他什么话都不愿说,躺在床上,他瞪着天花板发愣。整整三天时间,他只能像个困兽般在室内兜着圈子。

"凌风,"父亲安慰地说,"别急,等伤好了,可以再去找工作!"

"再找什么工作?"他愤愤地低吼着,"免费唱歌我都弄砸了!我,我是什么?我这个'大器晚成'已名副其实地变作'一事无成'了!"有人敲门,高凌风没好气地冲到门边。

"是谁呀?"

外面响起一个清脆的声音："是我，孟雅苹！"他打开房门，惊愕地望着孟雅苹。她穿着件黑底小红花的衬衫，一件黑色长裤，脸上只薄薄地施了一点脂粉，站在那儿，亭亭玉立，清雅宜人。她手上抱着一大堆奶粉、肉松、罐头等，满脸笑吟吟的。"呵！你这地址好难找！"她说。

高凌风把她请进小屋来，对父亲说：

"爸，这是孟小姐！"

孟雅苹慌忙行礼："高伯伯，我是孟雅苹，叫我雅苹就好了！我来看看高凌风的伤势！"她把手里的东西放在桌上，"我带了一点点东西给你们！"

"这……这……"父亲张口结舌起来，"这怎么敢当！"他看着孟雅苹，心里可有点糊涂，高凌风一个字也没提过！从哪儿冒出这样一个又漂亮又谦和的女孩子？而且，她望着凌风的那眼光是相当小心翼翼、相当温柔的啊！看样子，凌风在事业上虽然不如意，在选择"女朋友"一点上，却实在有眼光呢！

"没什么，顺便带来的！"雅苹谦虚地笑着，"抱着东西走这条长巷子，差点摔一跤！"

"谁请你这种阔小姐驾临我们这小地方！"高凌风立即接了一句。"怎么了？"雅苹依然笑着，"见了面就给人钉子碰！那天打架的火气到今天还没消啊！"

那父亲看看雅苹，又看看凌风，赔着笑脸说：

"哎,孟小姐,你坐坐,我去巷口买红墨水,刚好墨水用完了!""高伯伯,"雅苹说,"我没妨碍你们吧?"

"没有,没有。你和凌风聊聊,啊?我就来!"他匆匆忙忙地出去了。高凌风看着父亲的背影,他了解父亲的心情,耸耸肩,他闷闷地说:"爸爸把你当作第二个夏小蝉了!""夏小蝉?"雅苹愣了愣。

"那个离我远去的女孩子!我们曾经把她当一个公主来招待!""显然我不是个公主,"雅苹自嘲地笑笑,"你似乎对我一点也不欢迎!"

"别傻了!"高凌风说,"难道你希望我说一些受宠若惊之类的话吗?只因为你是著名的时装模特儿?算了!我情绪坏透了!"他在室内兜圈子,对墙壁捶了一拳,"你知道吗?那个该枪毙一百次的李经理,帮他免费唱了一个月的歌,你猜他对我说什么?他叫我赔偿打架时的一切损失,居然开了一张赔偿清单给我!"孟雅苹深沉地看着他,低叹了一声:

"社会就是这样,凌风,等你钉子碰多了,你就知道了!你选了一条好艰苦的道路!你刚刚称我是阔小姐,你知不知道,我是个道地的穷孩子出身,十七岁从乡下来台北打天下,我不知道碰过多少钉子,流过多少眼泪,直到碰到魏佑群,才走上时装界。但是,和魏佑群常在一起,又引起了多少流言蜚语!这些,我都熬过来了。凌风,你别灰心,千万别灰心!夜总会多得很,并不止那一家!"

高凌风深深地凝视着孟雅苹。

"为什么要告诉我这些?"

雅苹摇摇头:"我也不知道。""为什么要关心我?"凌风再问。

雅苹的眼睛垂了下去。"老实说——"她嗫嚅着,"我也不知道。"

高凌风忽然高兴了起来,振作了一下,他说:

"好!听你的,不灰心!你陪我找工作去!"他抓起外套,就要往屋外走。

"瞧你这急脾气!"雅苹笑了,"头上贴着纱布,怎么找工作?休息一段时间,我陪你去找!"

"那么——"高凌风望着屋外耀眼的阳光,"我们出去玩玩!""好!"两人正走向门口,却一头撞上了父亲,高凌风望着他,他手中捧着汽水瓶和大包小包的糖果瓜子。

"我买了点汽水来!"父亲笑吟吟地说,"家里实在不像话,连杯茶都没有得喝!"

"哎哟!高伯伯,原来您是……"雅苹感动地叫着。

"我说得对吧!"高凌风望着雅苹,"我爸爸把你当成小公主了。"

第十一章

　　和孟雅苹的认识，成为高凌风生活里的另一章。他对孟雅苹没有要求，没有渴望，没有责任，也没有计划。但是，她却带给了他一份无拘无束的欢乐。他不费心去研究孟雅苹的感情，他也不费心去分析自己。雅苹仍然不属于他的世界，却在他最空虚无助的时候，点缀了他的生命。他就毫不客气地享受着这份点缀，享受着这意外的欢乐。

　　在郊外，在水边，在海滩，在山间……他们都携手同游过，雅苹从不多问，从不增加他心里的负担，这样，有好些日子，他们都很开心，很喜悦。

　　很快地，雅苹发现高凌风并不太欣赏她在伸展台前，卖弄身段，前前后后，展示她的服装和发型。因此，她在高凌风面前，绝口不谈她的工作。她经常穿件随便的衬衫和一条牛仔裤，跟他跳跃在郊外的阳光里。

这天，他们发现一个好大的蓄水池，里面泡着无数的粗木头。脱掉鞋袜，他们像两个孩子般在木头上跳来跳去，像孩子般在浮木上彼此追逐，彼此笑闹。笑够了，两人就"漫步"在浮木上，高凌风说：

"你知道这些木材为什么要泡在水里？这是贮存木材的方法！如果放在空气里，木材都会裂开。这些都是上好的红桧，可以做家具！台湾是产红桧的地方，只是，做家具以前，还要经过干燥处理，木材干燥是一门大学问，直到现在，我们的木材干燥还不理想……"

"你怎么懂得这些？"雅苹惊奇地问。

"哈！你以为我大学在干什么事？只晓得追女孩子吗？我学了四年的森林呢！除了造林、育林之外，木材利用也是一门重要课程！"

"你懂得那么多，那么，你的书一定没有白念了！"

"我虽然调皮些，虽然喜爱课外活动，功课却并没有耽误，学校里的教授都很器重我呢！你想，在我这种家庭里，念大学就像奢侈品，念不好，怎么向老爸交代？"

雅苹有些新奇地看着他，一面把手伸给他，因为那浮动的圆木在脚下晃荡，她有些平衡不住身子。高凌风握住了她的手，两人继续在圆木上跳跃，水中，两人的倒影也在摇晃和跳动。"森林系毕业的人都做些什么？"雅苹问。

"去山上，当森林管护员！或者是去伐木，测量，育林……反正要上山，我的一个好朋友就在山上。"

"你为什么不上山？""我？"高凌风瞪大了眼睛，"那些树听不懂我唱歌！我去干吗？""其实，"雅苹看了他一眼，"你如果上山，一定是个很好的人才！"高凌风烦躁了起来："你又知道了？""是你说的，你的书没白念呀！"

"最好别谈这个！"高凌风的眉头皱紧了。

雅苹悄悄地看了看他，就跳上了岸，她的裤管湿了，弯着腰，她绞干了裤管，穿上鞋，笑着站直身子：

"好！不谈那个！我饿了！我们去吃牛排！"

高凌风一怔。"牛排？"他老实不客气地叫着，"小姐，我不是魏佑群，我请不起！"雅苹立刻挽住他的手腕，堆了满脸的笑，急急地说：

"我开玩笑呢！谁吃得下那些油腻东西！这样吧，咱们去圆环吃蚵仔煎，好不好？"

他们笑着，跑到圆环的摊子上，真的大吃起蚵仔煎，雅苹吃得津津有味，吃完一盘又叫一盘，吃到第三盘的时候，高凌风望着她，笑着警告："你尽量吃吧！泻肚子我可不管！"

有些路人走过去，都回头望着孟雅苹，指指点点，窃窃私语。高凌风说："大家都在看你，八成认出你是谁了！明天娱乐版可以登头条新闻，名模特儿孟雅苹在摊子上大吃蚵仔煎，那么，这个摊子也可以沾你的光，出出名了。"

"我现在不是名模特儿!"

"你是谁?""孟雅苹,一个傻气的乡下姑娘!喂,老板,再给我一盘!"

"老天!"高凌风叫,"不许再吃了!你疯了!"

雅苹笑弯了腰:"我逗你呢!怎么还吃得下呢?不过,现在,我很想去吃爱玉冰了!""你成了蝗虫吗?"雅苹笑不可抑。离开了圆环,他们在夜色里走着,在街道上缓缓地踱着步子,两人都有畅游后的疲倦,也有兴奋和快乐。高凌风看着孟雅苹那被夜风吹散了的头发,那被太阳晒红了的脸颊,以及那映着街灯、闪着光芒的眼睛,不禁心中若有所动。雅苹倦怠地、满足地伸了一个懒腰,用手拂着头发,叹息地说:

"有好多年好多年,我没有像这一阵这样疯过,这样开心过,这样笑过了!"高凌风脸上掠过一个深思的表情。

"奇怪,我今天一整天都没有想到过小蝉。"

雅苹怔了怔,笑容消失了。

"不是一整天,你现在又想到她了!"她低低一叹,"凌风,她就那么迷人,那么令你难以忘怀吗?"

"她曾经是我生命的全部!"高凌风哑声说。

"现在呢?"高凌风默默不语。于是,雅苹也不再问了。她轻轻地挽住了他,两人都沉默了,都若有所思而心不在焉了。街灯把他们的影子长长地投在地上，忽焉在前，忽焉在后。

"下星期六，我有一个很重要的服装展示会。"半晌，雅苹说。"我知道，报上登了。""你来吗？"雅苹满怀希望地问。

"对你喝彩的人已经太多了。"高凌风淡然地说，"我想，并不在乎少掉我一个。"雅苹在内心里叹息了，但她脸上却丝毫痕迹也没有露出来。高凌风，那洒脱不羁而略带野性的男孩子，你决不能希望他对你的服装表演感兴趣！甩甩头，她努力甩掉那份期盼，也甩掉那份惆怅。星期六晚上，时装表演会和意料中一样的成功。雅苹获得了最多的掌声，魏佑群不住到后台来慰问她，鲜花堆满了化妆间。但是，雅苹始终惶惶然若有所失。表演会结束了，魏佑群到后台来对她说："外面在下倾盆大雨，你在门口等着，我把汽车开到门口来接你，免得把衣服弄脏了。"

她还穿着最后的一套表演服装，一件闪光的、银灰色的晚礼服，她懒得换下来，披上披肩，跟着魏佑群走到大门口。提着衣服的下摆，她望着那屋檐上像倒水般倾注下来的水帘，和那急骤的、迅速的雨滴。门口拥满了人和车，大雨中，连计程车都叫不到。魏佑群把她拉到雨水溅不到的地方，正叮嘱她等待，忽然间，一个人把夹克顶在头上，冒着雨，对她奔了过来。雅苹顿时心中一跳,眼睛都闪亮了。高凌风笑嘻嘻地从夹克下面望着她。

"我特地来接你!"他说,衣服都湿了,他却满不在乎的,"快钻到我夹克底下来,反正离你家不远,咱们冒雨跑过去如何?"

"好呀!"雅苹连考虑都没有,就提着衣服冲进他的夹克底下。魏佑群在后面直着脖子喊:

"雅苹!你的衣服会弄脏!"

"我不在乎!"她喊着,已经跟着高凌风冲进了大雨里面。

在这种倾盆大雨下,穿着晚礼服冒雨狂奔,实在是带点儿疯狂和傻气。和高凌风在一起,你就无法避免疯狂和傻气,而且,她多么高兴地享受着这疯狂和傻气!那雨点狂骤地对他们迎面冲来,地上早已水流成河。一件夹克怎挡得了这样大的雨,只几分钟,他们两个都已浑身透湿,却嘻嘻哈哈地跑着。脚踩在水里,又溅起了更多的水。雅苹边笑边跑说:"我全身都湿透了。"

"你以为我的衣服是干的呀!"高凌风笑着嚷。

好不容易,冲进了雅苹的公寓,进了电梯,两人都像人鱼一样滴着水,彼此看着,不禁都相视大笑。

进了雅苹的卧室,她找出两条大毛巾,丢给高凌风,高凌风不管自己,却拿毛巾代雅苹擦着头发。于是,雅苹也代他擦,他们擦拭着对方,仍然忍不住要笑,不知为什么这么好笑。高凌风就是这样,他一笑就不能停止,弄得别人也非跟着他笑不可。"你头发全湿了。啧啧,可惜这件好衣服!"

"你……"雅苹笑不可抑,"你活像个落汤鸡!"

"你……"高凌风也笑不可抑,"你像条美人鱼!"

"我帮你放水,你必须洗个热水澡!"

"你也需要!"两人笑着,笑着……忽然间,高凌风停止了笑,呆呆地注视着雅苹。雅苹也停住了笑,睁大了眼睛,她凝视着高凌风。

高凌风手里的毛巾,正勾在雅苹的脖子上。他深深地、紧张地看着她,然后,他把毛巾往自己怀里拉,雅苹身不由己地扑向了他。骤然间,他们紧紧地拥抱在一起,高凌风的嘴唇火热地落在她的唇上。他们滚倒在床上。不知道过了多久,几百年?几世纪?终于,风平雨止。窗玻璃上,只有雨珠滑过的痕迹。他们并躺在床上,高凌风呆呆地瞪视着天花板,雅苹半带娇羞、满脸柔情地用手指抚弄着高凌风的耳垂。"很多年以前,"高凌风忽然说,声音幽幽的,"我曾经不敢和一个女孩亲热,因为——怕冒犯了她。"

雅苹的脸色僵住了,笑容从唇边隐去。

"我希望——"她低声地说,"那个女孩的名字,不叫作夏小蝉!"高凌风震动了一下,转过身子来,望着雅苹。雅苹只是深情地、痴痴地瞅着他。于是,他歉然地、一语不发地,把她紧紧地拥进了怀里。

第十二章

"嗨!凌风,我来了!"雅苹走进高家的小屋,对里面叫着。一面把手中的一个提盒放在餐桌上,一面对凌风的父亲说:"我做好了饭菜,想想,一个人吃有什么味道?就带到这儿来了!"高凌风从自己的房间里钻了出来。

"没想到你这位娇小姐还会做菜!"

"凌风!你别老把我说成娇小姐,你明知道我一点也不娇贵!别说烧菜,煮饭洗衣我还样样行呢!"

"哎!那可看不出来!"

父亲走到餐桌前,望着雅苹把一样样的菜端出来,忍不住惊喜地叫了一声:"什么?有回锅肉吗?我最爱吃回锅肉!"

雅苹笑容可掬:"我知道,所以……"发现说漏了嘴，她立即咽住了。

"好呀！"高凌风却叫了起来，"还说是一个人吃没味道，你安心做给……""凌风！"雅苹叫。父亲看看凌风，又看看雅苹，喜悦的笑容就浮上了嘴角，他开心地坐下来，扬着眉毛说：

"来！来！来！我们还等什么？趁热吃吧！"

三个人围着桌子坐下，开始兴高采烈地吃起饭来。高凌风望着桌上的那些饭菜，就忍不住想起若干年前，小蝉在家里吃炒蛋、蒸蛋的情形。曾几何时，竟已世事全非。他不由自主地轻叹了一声。雅苹敏感地看了他一眼，来不及问什么，父亲已咂嘴咂舌地赞美了起来：

"太好了！太好了！多少年没有吃到这样美味的菜！"

"高伯伯，"雅苹红了脸，"您安慰我呢！"

"真的！"父亲嚷着，吃得狼吞虎咽。

"您喜欢，我以后再送来！"雅苹说。

"好吧！"高凌风笑着点点头，"你把爸爸喂叼了，以后你自己负责！"大家都笑了起来，一餐饭，吃得好融洽，好温暖。

饭后，凌风的父亲坐在桌前批改作业，听到厨房里传来一片笑语声，雅苹在洗碗，高凌风显然在一边捣乱，他听到高凌风的声音在说："我负责放肥皂粉，你负责洗碗，咱们分工合作！"

有这样分工合作的！父亲笑着摇摇头。接着，就听到雅苹又笑又叫的声音:"哎呀,你撒了我一身肥皂粉!你出去吧!在这儿越帮越忙!"高凌风笑着从厨房里跑了出来。父亲望着他直笑,对他低声地说了一句:"凌风,你哪一辈子修来的!可别亏待了人家!"

高凌风一愣,脸上的笑容立即消失无踪。

"爸爸,你别看得太严重,"他压低声音说,"我和雅苹不过是普通朋友,谁也不认真。"

父亲瞅着他:"是吗?"他问,"我看,是你不认真。我知道你,凌风,你还是忘不掉那个夏小蝉!"

"对爱情固执是错吗?"

"再固执下去,不是错不错的问题,是值不值得的问题!凌风,别太傻心眼啊!"雅苹从厨房里出来了,笑吟吟的。父子两人立即咽住了话题。雅苹一手的水,一脸的愉快。

"好了,凌风,"她说,"你带我参观一下你的卧房。"

"哎呀!不许去!"高凌风慌忙叫,"那儿跟狗窝没什么分别,只是狗不会看书,不至于弄得满地书报杂志,我呢……哎呀,别提了!"雅苹笑了:"我早猜到了,不许我去,我也要去!"

她一伸手,就推开了旁边的房门,本来,这房子也只有两间,一间父子们的卧室,一间聊充客厅和餐厅。雅苹走了进去,四面望望。天!还有比这间房子更乱的房间吗?到处的脏衣服,满桌满地的报纸杂志,已经发黑的床单和枕头套……雅苹走了过去,把脏衣服收集在一块儿,又抽掉了床单。

"哎,小姐,你要帮我们大扫除啊?"他问,也手忙脚乱地收拾起那些书报杂志来。

"这些都该洗了,我给你拿去洗,有干净被单吗?""嗯,哦,这个……"高凌风直点头,"有!有!有!有好多!""在哪儿?""百货公司里!"雅苹扑哧一笑:"我们等会儿去买吧!"

雅苹开始整理那张凌乱的书桌:铅笔、报纸、墨水、书本、写了一半的信、歌词……她忽然看到桌上那个镜框了,里面是小蝉的照片。她慢慢地拿起那张照片深深地审视着,笑容隐没了。"这就是她?"她轻声问。

高凌风的笑容也隐没了,那张照片仍然刺痛他。

"是的,这就是她!"雅苹慢慢地把照片放回原处。

"好清秀,好雅致,好年轻……"她盯着照片,"难怪你对她这样念念不忘!"叹了口气,她极力地振作了自己,抬头微笑了一下,"好吧!我把这些脏衣服抱出去洗!"

抱着脏衣服,她走出来,那个"父亲"真是大大不安了。他跳起来,张口结舌地说:

"这……这……这怎么敢当?"

"高伯伯,"雅苹笑脸迎人,"小事情,应该由女人来做的!"

"快放下,快放下!"父亲手足失措而惶愧无已,"这都怪我们家的两个男人,一老一小都太懒,才弄得这么脏,不像个家!"

"高伯伯,这也难怪,"雅苹娴静地微笑着,一面抱着脏衣服往厨房走,"只有两个男人在一起怎么能算是家?一个家一定要经过一双女人的手来整理!"

她走进厨房里去了,接着,是开水龙头,搓洗衣服的声音,中间夹杂着她那悦耳的声音,在轻哼着歌曲。父亲呆住了,坐在那儿,他依稀想起,他们父子二人手忙脚乱地招呼小蝉的情形。两个女人!两种典型!高凌风怎能一一遇到?他正沉思着,高凌风抱着吉他走出来了,他擦拭着吉他上的灰尘,有多久,他没弹弄过吉他了!父亲瞪着他,欲言又止。高凌风仰着头对厨房里喊:"把手洗粗了别怪我!"

"我什么时候怪过你?"雅苹嚷着。

"我唱歌给你听!"高凌风再嚷。

"唱大声一点!"

高凌风弹着吉他,开始唱:

女朋友,既然相遇且相守,
共度好时光,携手向前走!
乘风破浪,要奋斗莫回头,
与你同甘苦,青春到白首!

女朋友,比翼双飞如沙鸥,
自从有了你,欢乐在心头,
抛开烦恼,情如蜜意绸缪,
只盼长相聚,世世不分手!
女朋友,这番心事君知否?
大地在欢笑,山川如锦绣,
爱的天地,是我俩的宇宙,
不怕风和雨,但愿人长久!

厨房里,洗衣服的声音停止了,半晌,雅苹伸出头来,她眼睛里绽放着柔和的光彩。一层稀有的亮光,笼罩在她整个的脸庞上。她轻声问:"从没听你唱过这支歌,是——最近作的吗?"

"是——"高凌风耸了耸肩,眼睛望着窗外的天空,透过云层,眼光正落在一个遥远的、虚无的地方,"是很久以前作的!"抛下了吉他,他抓起外套。

"你要去什么地方?"雅苹紧张地问。

"找工作!"他低吼了一句。

"等一等!"雅苹喊着,"我洗完这几件衣服,陪你一起去!"

那父亲目睹这一切,忽然间,他觉得很辛酸,很苦涩,很惆怅。打开了学生的练习本,他试着专心地批改起作业来。

第十三章

雅苹站在××夜总会的门口,焦灼地、不安地走来走去,不时抬头往大门里面看一眼。进去十分钟了,或许有希望!根据她的经验,谈得越久,希望越大。正想着,高凌风出来了,一脸的怒容,满眼的恼恨。不用问,也知道没谈成。雅苹却依然笑脸迎人地问了句:

"又没成功吗?""要大牌!要大牌!每家都要大牌!"高凌风气冲冲地嚷着,"我是个没牌子的,你懂吗?天知道,一个人怎样才能变成大牌?"他们往前走着,高凌风的脸色那样难看,使雅苹不知道怎么安慰他才好。半晌,她小心翼翼地看看他,又小心翼翼地开了口:"凌风,我有一个办法!"

"什么办法?""我们……"雅苹嗫嚅着说,"我们可以去……去拜托魏佑群,他认识的人多……"

"什么？"高凌风大吼了起来，愤怒扭曲了他的脸，"魏佑群？你要我去找魏佑群？你昏了头是不是？我现在已经够窝囊，够倒霉的了！你三天两头送东西到我家，一会儿吃的，一会儿穿的……弄得我连一点男儿气概都没有了！现在，你居然叫我去找你的男朋友，我成了什么了？我还有一点点男人的自尊吗？"雅苹又气又急，眼泪一下子就冲进了眼眶里。

"凌风，你这样说，实在没良心！我跟你发誓，我和魏佑群之间是干干净净的！他喜欢我，那总不是我的错！我……我提起他，只是想帮你的忙，干这一行，多少要有点人事关系……"高凌风的声音更高了：

"我不要靠人事关系！我要靠自己！尤其我不能靠你的关系，你以为我是吃女人饭……"

"凌风！"雅苹打断了他，"你怎么说得这么难听！"

"是你一步步把我逼上这条路！"

"我……我逼你？"雅苹忍无可忍，眼泪就夺眶而出。她抽噎着，语不成声地说，"凌风，你……你……你太不公平！你……你……你欺人太甚！我……我全是为了你好……"她说不下去了，喉中完全哽住，眼泪就从面颊上扑簌簌地滚落下去。高凌风望着她，顿时泄了气。他长叹了一声，哑着喉咙说："好了！别在街上哭，算我说错了！"

雅苹从皮包里抽出小手帕，低着头擦眼泪。高凌风

走过去,伸手挽住了她的腰,伤感地低语:

"雅萍,认识我,算你倒了霉!"

雅萍立刻抬起头来,眼里泪痕未干,却已闪耀着光彩。她急迫地,热烈地说:"不不!是我的幸运!"

高凌风恻然地望着她,禁不住说:

"雅萍,你有点儿傻气,你知道吗?"

雅萍默然不语,只是紧紧地靠近了他。

奔波一日,仍然是毫无结果。晚上,坐在雅萍的客厅里面,高凌风用手托着下巴,一语不发,沉默得像一块石头。雅萍悄然地看他,知道他心事重重,她不敢去打扰他。默默地冲了一杯热咖啡,她递到他的面前。高凌风把杯子放在桌上,顺势握住了她的手。于是,雅萍坐在地毯上,把手放在他的膝上,抬头静静地瞅着他。

"雅萍,"他凝视她,"我有什么地方,值得你这样待我?"

"我不知道。"她摇摇头,"自从第一次听你唱'一个小故事',我就情不自已了,我想,我是前辈子欠了你!"

高凌风抚摸着她的头发。

"傻瓜!"他低语,"你是傻瓜!"

"我常想你说过的话,"雅萍仰头深深地看着他,"你说你在遇见夏小蝉以前,从不相信人类有惊心动魄般的爱情,你说你不对女孩子认真,也不相信自己会被捕捉,甚至觉得痴情的人是傻瓜!可是,一旦遇到了她,你就完全变了一个人,你爱得固执而激烈。凌风,"她垂下了睫毛,"我想,历史在重演,不过换了一个方向。每个人欠别人的债,每个人还自己的债。"高凌风拉起她的身子来,一语不发,他紧紧地吻住了她。

第二天,又是奔波的一天,又是忙碌的一天,又是毫无结果的一天。黄昏的时分,高凌风和雅苹在街上走着,两人都又疲倦又沮丧。高凌风的脸色是阴沉的,苦恼的,烦躁不安的。雅苹怯怯地望着他,怯怯地开了口:

"凌风,能不能听我一句话?"

"你说!""你差不多把全台北的夜总会都跑遍了。既然唱歌的工作那么难找,你能不能做别的工作?"

"做什么工作?你说!我能做什么工作?"

"例如——"雅苹吞吞吐吐地,小心翼翼地说,"像你的好朋友,到山上去!""什么?上山?"高凌风站住了,瞪着她,"你要我上山?你是不是想摆脱我?""不不!"雅苹急急地喊,"你不要误会,如果你上山,我就跟你上山!""你跟我上山?"高凌风诧异地问,从上到下地打量她,"放弃你高薪的职业?凭你这身打扮,凭你养尊处优的生活,你跟我上山?你知道山上是怎样的生活吗?"

"是的,我知道!"雅苹坚定地说,"我不怕吃苦,我原是从朴实的生活走入繁华,我仍然可以从繁华走入朴实!"

高凌风暴躁起来:"你不怕!我怕!我不要上山,我的兴趣是唱歌,我就要唱歌,我唱定了!""可是——可是——你没有地方唱啊!"

高凌风怒不可遏:"我还可以去试电视台,我还可以去试唱片公司!你!雅苹,你少帮我出馊主意!我有权决定自己的事业!"

"我——我只是想帮你的忙!"

"雅苹,你根本不了解我!"高凌风瞪视着她,牢骚满腹而火气旺盛,"你看看你自己,高中都没毕业,就凭你长得漂亮,有一副好身材,挣的钱比一个大学毕业生还多!这是什么?这就是我们男人的悲哀!"

雅苹忍不住又含了满眶泪水,极力委婉地说:

"我知道我很渺小,很无知,也知道你的委屈,和你的悲哀……但是……"

"不要再但是,但是,但是!"高凌风大叫,"我听腻了你的但是!听腻了你的鬼意见!"

雅苹吓愣了,睁大眼睛,她望着那满脸暴怒和不耐的高凌风,泪水终于滑下了面颊,她挣扎着说:

"很好,想必你的夏小蝉,从来没有对你说过'但是'!"

高凌风一把抓住了雅苹的手腕,愤然低吼:

"我警告你!你永远不许对我提夏小蝉!"

雅苹挣脱他,哭着喊:

"因为你心里只有夏小蝉！"

喊完，她反身就跑开。高凌风呆立在那儿，好一会儿，才如梦方醒般对雅苹追了过去。

"雅苹！雅苹！雅苹！"他叫。

雅苹情不自已地站住了。

高凌风追上前来，喘着气，一脸的苦恼和哀愁，他求恕地望着她："我们别吵吧！雅苹，你知道我心情不好，并不是存心要和你吵架！"雅苹强忍住泪水，摇了摇头。

"是……是我不好！"她啜嚅着说。

"是我不好！"高凌风说，瞅着她，把手伸给她。

她握紧了他的手，脸上又是泪，又是笑。他低叹一声，挽紧了她，两人在落日余晖中，向前缓缓行去。

第十四章

　　自从认识了高凌风,雅苹整个生活轨迹,都已经全乱了。她无怨无悔,甚至不敢苛求什么,但是,生活里,那种紧张的、抑郁的情绪是越来越重了。高凌风像一座不稳定的活火山,随时都可能发生一场严重的爆发。雅苹不能不小心翼翼地、战战兢兢地度着日子,生怕一不小心,就引起那火山的喷射。可是,尽管小心,尽管注意,许多事仍在防范以外。

　　这天,魏佑群来看她,坐在客厅,他们有一次"摊牌"似的谈话。这些年,魏佑群对她照顾备至而体贴入微,虽然引致许多流言,雅苹却也不在意。但是,有了高凌风,一切都不同了。望着魏佑群,她非常坦白,非常歉然地说:

　　"请你原谅我,佑群,以后除了工作时间之外,我不能再和你见面！以前我不在乎人言可畏，但是，现在我却不能不在乎了。"魏佑群在室内走来走去。

"你就那么爱他？"他闷闷地问。

"是的！""我早料到会有这一天！"魏佑群低着头，望着脚下的地毯，"就是没想到来得这么突然！我能说什么呢？"他抬头注视她："你明知道我对你的感情！"

雅苹含泪看他："我知道。这样不是很好吗？我们之间的结也解开了。以后，你该全心照顾你的太太，我全心追求我的爱情！"

魏佑群坐进沙发里，燃起了一支烟。他喷出一口重重的烟雾，神情激动："是很好，各得其所，有何不好？"

"请你不要生气。"雅苹委婉地说。

魏佑群摇摇头："为什么是他？"他不解地蹙紧眉头，"他连个工作都没有！""他会有的！""他学非所用，前途茫茫！"

"那可不一定！""你——真是不可救药了！"

"我承认。""但是，据说他不忘旧情，始终眷念着他从前的女朋友！他心中到底有你吗？"雅苹垂下头，默然不语。

"你知道他爱你吗？"

雅苹猛烈地摇头，叫了起来："我不知道！我不知道！我也不要知道！"

"你就这样毫无条件地爱他？"

"爱!"雅苹咬着牙说,"不管他上山,不管他入海,不管他唱歌,不管他要饭,不管他爱不爱我,只要他允许我留在他身边一分钟,我就留一分钟!"

魏佑群望着她,喟然长叹:

"好!既然你已经一往情深,我还能说什么呢?各人有各人的缘分,各人有各人的命运!"他从怀里拿出一沓钞票,放在桌子上,"这是你这个月的薪水,先给你,我知道你会缺钱用!最后,我还要给你一个忠告,"他盯着她,语重而心长:"雅苹,你可以爱他,但是不可以养他!因为他是个男子汉!"

忽然,雅苹觉得有点不对劲,迅速地转过头去,她一眼看到高凌风正站在门前,横眉怒目地望着他们。显然,他已经听到魏佑群最后的几句话。她的心脏猛然往下一沉,正想解释,高凌风已掉转了头,如飞般地向外跑去。雅苹跳起来,像箭般冲出屋子,直追了过去,不住口地喊着:

"凌风!凌风!你听我解释,凌风!"

高凌风已冲下了楼,直冲向大街,对她头也不回,看也不看。她跌跌撞撞地追了过去,喘息着,上气不接下气地拉住他的胳膊,急急地说:"你听我说,你听我解释,凌风!"

"你不用解释!我已经看得清清楚楚,听得清清楚楚!你还说和他没有关系!你用他的钱,还让他来诽谤我！我会要你养吗？我高凌风是这种人吗？尤其，是他的钱！"他怒发如狂，"你安心要侮辱我！"雅苹急得泪下如雨："不是的，凌风，那钱是我的薪水……"

"哈！薪水！老板会把薪水亲自送到你家里来！你好大的面子！别掩饰了！你和他的桃色新闻，早就尽人皆知！你，孟雅苹，你也不是名门淑女，犯不着装出一副纯洁无辜的样子来……"雅苹闭了闭眼睛，泪珠纷纷滚下。

"我说什么你都不会相信！"她哭着说，"我本来就不是名门淑女，不是你的夏小蝉……"

"我警告过你！"高凌风吼着，"不许你提小蝉的名字！"

"是的，我不提，因为我不配提，"雅苹啜泣着，依然用手紧攀着高凌风的胳膊，"我早就知道，我卑贱，我渺小，我不是名门淑女，更非大家闺秀！我没有一点地方赶得上她，但是，凌风，我比她爱你！"

高凌风大大地震动了一下，他回头望着她那被泪水浸湿的眼睛："你一生爱过多少男人？"

"只有你一个！"雅苹冲口而出，"信不信由你，只有你一个！魏佑群从没有得到过我，从没有！从没有！从没有！"

高凌风站住了，审视着她。

"为什么要接受他的钱？"

"我再也不接受！那是我的薪水，你不开心，我就辞职不干！离开魏佑群的公司，离开时装界，再也不当模特儿。只要你满意，你要我怎么样，我就怎么样！"

高凌风凝视着她。终于，他摇摇头，心痛地伸手拭去她颊上的泪痕。"雅苹，雅苹，"他低声说，"你为什么要爱我？为什么要跟我受苦受罪？多少男人对你梦寐以求，你为什么偏偏选中了一事无成的我？"

她仰头望着他："我爱你的真实，爱你的坦率，爱你的固执，甚至爱你的坏脾气！你不虚伪，不作假，有最丰富和强烈的感情……我在社会上混了这么多年，好不容易才发现一个你，凌风，别离开我！"他伸出手去，把她挽进了怀里，什么话都没说，只是用力地握紧了她那小小的手。

一场风暴就这样过去了。但是，没有风暴的日子能够维持多久呢？三天后的晚上，高凌风在外面谋职归来，呆呆地坐在餐桌前面，看着雅苹布置桌上的碗筷。

"你没有问我今天找工作的情形！"他说。

她勉强地笑了笑："你的脸色已经告诉我了。"

"我去录音室试唱过。"

"哦？"她悄悄看他，把菜端上桌子。

"你猜怎么？"他落寞地笑笑，"他们说我的音色不够好，音量又不够宽！"

"他们故意这么说，找借口拒绝你！"

高凌风玩弄着面前的筷子。

"我开始怀疑，我是不是真有天才了！"

她看了他一眼："别这么容易灰心好不好？"

"如果再找不到工作，我要发疯了！"他仰靠在椅子里，瞪着天花板，"这么大的人，大学毕了业，还靠爸爸养，我真不是东西！"

雅苹沉吟了片刻："我说……凌风！""什么事？""算了，不说了！"他坐正了身子，望着她。

"一定要说！""我说了你别生气！""你说！""上山吧！"高凌风的脸色阴沉了下去，闷声不响。雅苹畏怯地看看他，他忽然站起身来，板着脸说：

"我走了！""去哪儿？饭菜都好了！"

"回家去！"

雅苹拦在他面前，赔笑地说："说好不生气，你又生气了！"

"我如果肯上山，今天也不会在这儿了！"

"我不过提提而已，"雅苹慌忙说，"不去就不去！明天，你再到别家唱片公司试试！"

高凌风顿时又冒起火来。

"试试！试试！试试！我的人生就一直在试试！"他一把抓住雅苹，心灰意冷，而又悲切沮丧，"雅苹，我怎么办？事业、爱情、婚姻，和前途，全是茫然一片，我怎么办？"

雅苹略带伤感地看着他。

"你连爱情也否决了吗？我不算爱你吗？凌风！只要你愿意，我们可以……马上结婚。"

高凌风像被针刺了一般，猛地跳了起来。

"结婚？"他吃惊地嚷，"你要和我结婚？我有什么资格谈结婚？我拿什么来养你？"

"我不在乎。""你不在乎我在乎！"高凌风大叫起来，"我养不起你，结什么婚？难道用你的钱？还是用姓魏的钱？"

"你别又扯上魏佑群！"雅苹憋着气说，"我知道这些都不是理由，我知道你心里的问题，你根本不想要我，从头到尾，你心中只有一个人……""你敢再说出那个名字！"高凌风瞪大眼睛。

"我不说，我根本不配说！"雅苹眼里又充满了泪水。

高凌风恼怒地望着雅苹。

"让我们把话说清楚，雅苹，我们交往，是两相情愿，谁也不欠谁什么。我今天一无所有，没有钱，没有事业，没有自尊，还剩下的，是一点点自由。结了婚，我就连自由都没有了！我够倒霉了！我还要这点自由，你懂吗？"他抓住雅苹的胳膊，疯狂地摇撼着她，"我不要婚姻来把我拴住，你懂吗？你做做好事，别把我这最后一点点自由也给剥夺掉！"

雅苹大哭了起来，不顾一切地叫了一声：

"如果我是夏小蝉,你也要自由吗?"

高凌风狂怒地吼了回去:

"可惜你不是夏小蝉!"

雅苹忍无可忍,泪水迸流,而浑身抖颤。

"好!你要自由!"她大叫,"好!我给不起你自由,因为我从来没有拿走过你的自由!正好像你从来没有爱过我,你爱的是夏小蝉!现在,你要自由,要自由,你走!你马上走!你去找你的自由!你走!你马上走!马上走!马上走!……"高凌风往门外冲去:"是你叫我走的,你别后悔!"

"砰"的一声门响,他冲出去,关上了房门,这声门响震碎了雅苹最后的意识,她崩溃地哭倒在沙发上。

第十五章

高凌风回到了家里。像一阵旋风,他冲进了家门,怒气未消,满脸的激动和愤恨。父亲正坐在桌前改考卷,小屋里一灯如豆,老人身边,似乎围满了寂寞。看到高凌风,他的眼睛闪亮了一下,立刻就暗淡了:"怎么了?凌风?又是这样气冲冲的?"

"爸!"高凌风宣布地说,"我和雅苹分手了!"

"哦!"父亲惊愕地望着他,困惑而迷茫,"为什么?年轻人,吵吵闹闹总是难免。雅苹温柔顺从,你该待她好一点才对啊!现在,到哪里去找这样好的女孩子呢?"

"我受不了她!"高凌风叫着,"上山!上山!上山!她要我上山!和我相处这么久,她还不了解我!你猜她对我说什么?要跟我上山,而且要跟我结婚!她想掠夺我所有的一切!"

父亲瞪视着他，逐渐地，呼吸急促了起来。放下笔，他站起身子，一眨也不眨地望着儿子，他的面容变得反常地严肃，声音也反常地激动："凌风，你所有的一切是什么？你有什么东西可以被掠夺？你的骄傲？你的自大？你的无自知之明？还是你那可怜的虚荣心？"高凌风愕然地看着父亲。

"爸爸！你也……""凌风！"父亲沉痛而伤感地说，"这些年来，你是我的希望，我的命根，我宠你，爱你，不忍心责备你，甚至不敢在你面前讲真心话！今天，我实在忍无可忍了！"

"爸爸！"高凌风惊愕而意外。

"你骄傲自负，自认为是天才，要唱歌，要当汤姆钟斯，当猫王！你认为你学森林系是应付我，被我所害！我不敢点穿你，我鼓励你去唱，希望你有一天能真正认清自己的价值！谁知道，你竟从头到尾地糊涂下去！"

"爸爸！"高凌风靠在墙上，完全不相信自己所听到的。

"唱歌，凌风，你为什么要唱歌？"一向沉默而好脾气的父亲，这时竟语气严重，咄咄逼人，"你只是想出风头，想听掌声，你只是虚荣感在作祟！我告诉你，你能唱，会唱，却绝不是猫王或披头的料！你的才气，只够做一个普普通通的人！凌风，你该醒了！你该醒了！"

高凌风的眉头蹙紧了，他痛苦地望着父亲。在这一瞬间，心里像有一千把刀在绞动，可是，在痛楚之余，却又依稀仿佛地感到，好像有个什么毒瘤在被开刀，被割除，因而，这痛楚似乎是必须忍受而无从回避的。他脑子里像有千军万马在奔驰，在那奔驰声里，父亲的声音却依然响亮而清晰：

"你的恋爱，和你的事业一样迷糊！你前后的两个女朋友，小蝉娇柔脆弱，你侍候不了她！雅苹温柔贤惠，可是，说实话，你又配不上她！"

高凌风再也忍受不住，闭上眼睛，他用手紧紧地抱住了头。"爸爸！"他大叫，"不要讲了！不要讲了！不要讲了！"

父亲走到他面前，伸手按住他的肩，忽然间眼中含满了泪水。"凌风，"他的声音软化了，沉痛而恳切，"我或许不该说，只是——我再也熬不住了。凌风——"他紧握着他的肩，语重而心长，"要承认自己的'平凡'，是需要很大的勇气的！但是，世界上千千万万的人，有几个是不朽的天才呢？"

高凌风睁开眼睛来，苦恼地、悲哀地、痛楚地凝视着父亲。父亲强忍着泪，慢吞吞地又说了一句：

"我要你学森林，至今不知道是对是错。当时我只有一种看法，天地如此广大，处处都可扎根呀！"

高凌风在那巨大的痛苦和震撼之下，脸上却不由自主地动容了。"我……我不说了！"父亲放开了他，转身走向桌边,"雅苹那孩子,虽然没有什么好身世,却善良而热情。吃亏在对你太柔顺了,太爱你了!男人都是贱骨头,得不到的才是最好的!"高凌风呆呆地站着,忽然间,他掉头就向屋外走。

"我出去了!""去哪儿?"父亲问。"去——找雅苹!"他咬着牙回答。

很快地,他到了雅苹的公寓。上了十层楼,用钥匙轻轻地打开房门,客厅里寂无人影。高凌风走进去,卧室里传来轻微的啜泣声,他再轻轻推开卧房的门,就一眼看到雅苹正匍匐在床上,低低地、忍声地、压抑地啜泣。他站着,望着她,一动也不动。听到了声音,雅苹慢慢地回过头来,看到凌风,她不相信似的瞪大了眼睛,眼里仍然饱蓄着泪水,透过泪雾,那对眼珠里已绽放着希冀的、惊喜的、渴望的、热烈的光芒。这光芒瓦解了高凌风所仅存的骄傲,他走了过去,一言不发地在床前跪下。他用手轻轻地拂开她那被泪水沾湿,而贴在面颊上的头发,再温柔地、怜惜地抚摸着她那瘦削的面颊,然后,骤然间,他们紧紧地、紧紧地拥抱在一起。

第二天早上,还没起床,高凌风就听到窗外的雨声,敲着玻璃,发出清脆的叮咚。床上,雅苹已经不在了,厨房里,有锅盘轻敲的声响,还有雅苹低哼着歌曲的音浪。他用手枕着头,凝想着这崭新的一天,是否该做一些崭新的计划?

翻身起床，去浴室梳洗过后，雅苹已在桌上摆好了他的早餐。他坐下来，头一件事情就是翻报纸人事栏。雅苹悄眼看他，不在意似的说："人事栏里很少有征求歌星的广告！"

"我不是找唱歌的工作，我在找别的。"他说，"我决定了，什么工作都可以做！"雅苹惊喜交集地看了他一眼，微笑了起来。

"先喝牛奶，凉了——"她望望窗外，"不管找什么工作，等雨停了再出去！"高凌风喝着牛奶，翻着报纸，突然间，一则小小的新闻映入了他的眼睑：

"留美学人何怀祖，今日携眷返国。"

"哐啷"一声，他手里的牛奶杯失手落在地上，砸得粉碎，他直跳了起来，一语不发就往屋外冲去。

雅苹追在后面，直着脖子叫：

"怎么了，发生了什么事情？"

他已经跑得无影无踪了。她折回去，抓起了那张报纸。

机场上，贵宾室里挤满了人群。有记者、有家属、有亲友、有摄影机……镁光灯不住地闪着，小蝉依偎着何怀祖，巧笑嫣然地接受着人群的包围。数年不见，她显得丰腴了，成熟了，而且，更高贵，更华丽，更迷人！

高凌风缩在远远的一角，悄悄地注视着这一切。他浑身透湿，头发里都是雨水，一整天，在飞机到达以前，他似乎一直在雨地里走，不知道走了多久，多少小时。现在，他看到小蝉了，距离他更遥远，更遥远，更遥远……的小蝉！似乎来自另外一个星球，也属于另外一个星球！

记者们拿麦克风和答录机在访问何怀祖，高凌风隐藏在那小小的角落里，注意倾听：

"何博士在国外得到杰出青年科学奖，是国人的光荣，这次回来，是度假还是长住？"

"是度假，因为我内人很想家。"

"何博士，你这次得奖，有什么感想？""嗯——"何怀祖微笑着回头，望着身边的小蝉，"我想，我该感谢我太太，她给了我最大的爱心和鼓励。"

大家哄笑了起来，目标转向了小蝉。

"何太太，你对你先生的成就有什么感想？"

小蝉的脸上堆满了笑，眼里绽放着幸福的光彩，她望了望何怀祖，然后，她骄傲地、愉快地、满足地说：

"我——我很庆幸嫁了一个好丈夫！"

大家又哄然地笑了。高凌风悄悄地，丝毫不被注意地走出了那间贵宾室。垂着头，他双手插在夹克口袋里，落寞地走出机场。外面的雨依然淅淅沥沥地下着，他走进了雨里，沿着街道，向前面无目的地走着，雨淋在他头上、衣服上，水珠顺着他的头发向下滴落。他没有感觉，没有思想，没有意识，只是机械化地向前迈着步子，一步又一步。

忽然，他觉得没有雨了，他慢慢地抬起头来，发现一把伞正遮在他的头顶。他站住了，回过头来，他看到了雅苹，她站在雨地里，正用伞遮着他。而她自己，却全身浴在雨水中。她的眼睛，温柔地、了解地、关怀地、热烈地看着他。她的脸上，头发被雨淋湿了，贴在额前，满脸的水，已分不清是雨是泪。他伸出手去，把她的身子拖到伞下，紧紧地挽住了她。

他的眼睛盯着她，半晌，他才用坚决的、肯定的、清晰的声音问："雅苹，你愿意上山吗？愿意嫁给一个森林管理员吗？"

雅苹满眼的泪水，满脸的笑，只是一个劲儿地点头。"好！"高凌风抬起头来，忽然发现自己能够正视前面的世界了，他挽紧雅苹，往前走着，"我们上山去！我还是可以唱歌，唱给山听，唱给云听，唱给树听，它们不会嘲笑我阴阳怪气。你，我，爸爸，我们可以在山上组成一个快乐的小家庭。""还有——"雅苹低声说，"一条新的小生命！"

高凌风又惊又喜："真的？"雅苹瞅着他点头。"好！"高凌风仰望着云天，"他一出世，我就让他看山上的大树，告诉他根扎在地里，根扎得越深，树长得越大！"

揽着雅苹，他们并肩向前走去。

　　　　　　　一九七四年五月初稿完稿
　　　　　　　一九七五年三月七日再稿完稿

寻梦园

I

提着一个旅行袋和一大包书，我转了三次公共汽车，先从家里乘车到火车站，又从火车站搭车到圆山，再转一次车到这儿。然后按照思美给我画的地址图，在乡间的田陌山边足足又走了半小时，问了起码十个乡下人，最后，我总算停在寻梦园的铁栅门外了。酷暑的太阳晒得我头昏，满身全是尘土和汗水，连旅行袋上都积了一层黄土，我像是个跋涉了几千里路的人似的，疲倦、燥热，而且口渴。望了望那关得牢牢的铁栅门，和门边水泥柱上突出来的"寻梦园"三个字，我长长地吐了口气。又找了半天，才看到被常春藤掩盖了一半的门铃，门铃装得那么高，我必须踮着脚才够得着。按了铃，我把书和旅行袋都放在地上，靠在柱子上等待着。

寻梦园，早在我两年前因同时考上 T 大而认识思美时,她就向我提起过。以后,每逢寒暑假,思美总要约我到寻梦园来住,我却始终不能成行。去年我开始尝试写作,思美更成了热心的说客,不住缠着我说:

"到寻梦园来,包管有许多灵感给你,我爸爸造寻梦园,还有个故事,你来,让我讲给你听。寻梦园很大,我们家的人口少,你来可以热闹些。"

大概是为了听寻梦园的故事,也为了这个园名颇引人遐思,今年暑假,我终于发狠来寻梦园做客了。站在门外,我不耐地等着人来开门,一面从栅门外向里面张望。这一打量之下,不禁使我大为惊异,栅门里是一个很深很大的花园,有高大的树木,绿叶成荫,也有各种颜色的奇花异卉,红红白白,在绿树中掩掩映映。还隐隐地可以看到石桌石椅和楼阁亭台。这使我想起《蝴蝶梦》里描写的梦得里,不禁心痒起来,恨不得马上进去参观一番,难怪思美一直向我夸耀寻梦园,原来竟是这样一个迷人的仙境!

足足过了十分钟,并没有人来开门,我又按了一次门铃,依然没有人来。我开始试着喊人,并且摇着铁栅,但,一切都没有用。我一次又一次地按铃,心中一直在冒火,见到思美,我一定要大发牢骚。可是,现在怎么办呢?看样子我就是等到天黑,也未见得会有人来的。而且,我渴极了,真想喝水,太阳又一直晒着我,我的衬衫都被汗湿透了。表上指着十一点,我是清晨八点钟动身的，到现在已经三小时了。

  半小时后，我完全绝望了，四周静静的，并不真的静，那花园里的蝉鸣正喧闹地响着。我看不到人影，也听不到人声，虽然喊破了喉咙，也没人理睬。终于，我提起旅行袋，准备回头。临走时，到底不死心，我又踮起脚来按一次铃，这时，一个声音从门里冷冷地响了：

  "那个门铃坏了！"

  我迅速地从栅门里看进去，一个工人模样的男人，穿着条肮脏的卡其裤，一件汗衫，肩膀上扛着个锄头，满手的污泥，正站在那儿看我。我像发现新大陆似的高兴，对他叫着说：

  "喂，开一下门好不好？"

  "你找谁？"他站着不动，看样子并无开门的意思。

  "找你们的小姐。"我说，一肚子的气，真是，如果我打扮得华丽一点，他大概早就把门开了。看样子，这人是个园丁，因为他裤子膝头上还沾着泥和碎草，但他对我的神气蛮像我是个要饭的。

  "什么小姐？"他问，明显地在装傻。

  "方思美小姐，"我大声说，"你去通报一声好不好？说是唐心雯在门外等她。"

  他懒洋洋地走了过来，拉开了铁门，说：

  "进来吧！"

  我提着东西走进去，等着他指示路径，但他"哗啦"

一声把门关好，就对我耸耸肩说：

"你自己去找她吧！"说完，头也不回地就隐进树丛里去了。气得我鼻子里都要冒烟，决心把他这种不礼貌的态度告诉思美，敲掉他的饭碗，也出出这口气。

沿着一排碎石子铺的小路，我走了进去，绕过一个树丛，我觉得眼睛一亮。眼前是个不大不小的喷水池，池子中间有个石头雕刻的小爱神丘比特，背上有两个翅膀，肩上搭着弓和箭，水柱就从弓箭上喷出来，一粒粒水珠在阳光下反射着瑰丽的色彩。喷水池四周种了一圈玫瑰花，地上铺了草坪，如今玫瑰花全都盛开着，香味浓郁地散布在四周。我身不由己地走到水池旁边，俯身去看水，池水清澈见底，水底全是些白色的小石子，水里有数以百计的金鱼游来游去，有的把嘴凑在水面吐气泡。我抬起头，爱神栩栩如生，显然不是出诸普通石匠之手，而是个艺术家的作品。我欣赏了半天，才转身寻路。但，在我面前，以喷水池为中心，却有七八条小径。我探首细看，其中三条都可以看到房顶，于是我随便选择了一条，小路两边全是扶桑花，有红、黄、白三色。台湾的花仿佛四季都开，像扶桑花、美人蕉、灯笼花……我一面走一面欣赏，走了好久，又到了一个水塘旁边，水塘四面堆着假山石，石边不规则地栽着些叫不出名目的草花，五颜六色，美不胜收。塘中全是荷花，一朵朵花亭亭玉立地伸长了秆子，真可爱极了。在池塘旁边，有一个建筑得十分精致的亭子，亭上挂着一块匾，题着"听雨亭"三个字，大概是取李商隐的诗"留得残荷听雨声"的意思。我向亭子走过去，实在累极了，很想好好地坐一坐，吹吹风，可是，才上了台阶，我就看到亭子里的木椅上躺着个人，仔细一看，又是那个园丁！他朝我狠狠地看了一眼，说：

"你走错了！从喷水池往北走才是正房！"

我的腿发酸、口发渴、头发昏，只得又在烈日下走回喷水池。最后，我总算来到寻梦园的正房了，这是一栋中西合璧似的二层楼房，门前有台阶，上了台阶，大门大开着，是个四方的大客厅，地上是讲究的花砖，窗子上都是一式的垂地的红绒窗帘，天花板上吊着欧洲宫廷里那种玻璃灯。有一个宽阔的大理石楼梯直通楼上。客厅里却没放沙发，全是中国老式的紫檀木的椅子，上面放着极讲究的靠垫。我走进去，四面望了一下，没看到一个人，只好扬着声音喊：

"思美！"

我的声音在这静静的屋子里显得特别大，把我自己都吓了一跳。立即，我听到楼上有一扇门"砰"地响了一声，接着，是一阵脚步声跑到了楼梯口，我抬起头，思美已经像阵旋风似的卷下了楼梯，一把拉住我的手乱摇，叫着说：

"你怎么这个时候来了？昨天收到你的信，不是说明天来吗?我还准备明天去公共汽车站接你呢!你怎么找到这儿的?谁给你开的门?我们门铃坏了!你一定走了不少冤枉路吧?"

"还说呢!"我的委屈全涌了上来,"心血来潮前一天来,叫了半天门,你们那个男工没礼貌透了,也不带进来,害我在花园里直打……"

"是老张给你开的门?别理他,他的耳朵有毛病……快,先洗个手脸,到楼上去休息休息,你还没有吃午饭吧,我叫他们下碗面来。李妈!李妈!"思美一迭连声地嚷着,我抛下了手里的东西,就在椅子里一躺,闭上眼睛说:

"累死了!可是,我宁愿先洗个澡!"

"好,我叫他们给你准备热水。"

李妈来了,是个三十几岁的女仆,一小时后,我洗了澡,换了一身干净的衣服,又吃了碗冬菇面,精神重新振作了起来。思美把我带到楼上的一间房子里,里面有张极漂亮的单人床,一个梳妆台,一个衣橱,和一张小巧精致的书桌。

"这是我给你准备的房间,怎么样?"思美笑吟吟地问。

"好极了!舒服极了。"我由衷地说,走到书桌前面的安乐椅上坐下,把椅子转了一圈,不禁感慨地说,"有钱真好!"

"怎么，你不是常说钱是身外之物吗？"思美打趣地说。

"现在发现钱的用处了，这么大的花园，这么讲究的房子和家具，这才是享受呢！坐在这儿，听着蝉鸣，闻着花香，不必和弟弟挤一个书桌，不会被妈妈叫过来叫过去做事，可以安心地看自己爱看的书，写自己要写的东西。唉！这真是太好了，如果我有这样的环境，我一定写它几部长篇小说！"

"现在你就有这样的环境！"思美说着把手放在我的肩膀上，"一个暑假，够你写了！"

站起身来，我走到窗边，窗上垂着白纱的窗帘，我拉开了它，风很大，很凉爽，从窗子里望出去，是花园的另一个角落，有一个爬满了茑萝的花架，花架里有椅子和桌子，花架的四周都种着竹子，一片绿荫荫，另有一种风味，我叹口气："这花园真漂亮，不知是谁设计的？"

"今天晚上，我会告诉你寻梦园的故事。"思美说。

"哦，我还没有拜见伯母。"我突然想起来说，思美的父亲已在五年前去世，她和哥哥母亲住在一起。

"没关系，吃晚饭时再见好了，现在她在睡午觉。"思美说，"你也睡一下吧，我猜你一定疲倦了，黄昏的时候我来带你参观一下整个的寻梦园。"

我确实很累了，因此，当思美走出房间，我立即就和衣倒在床上，只一会儿，就已进入了梦乡。这一觉一直睡到下午四点钟才醒。太阳已经偏西了，风吹在身上竟有点儿凉意，我爬起身，在梳妆台前梳了梳头发，思美已在门外敲门了，我开了门，思美笑着说：

"睡得真好，我来敲过三次门了！"

下了楼，喝一杯冰果汁，就跟着思美浏览了整个寻梦园。说老实话，这还是我一生参观的最讲究的花园，园中共有四个亭子、三个水池和两个花架，每个地方的景致都各个不同，我尤其喜欢一处，是个小小的池子，池中心有个小岛，岛上竟盛开着玫瑰花。沿着池，有着曲曲折折的栏杆，构造颇像西湖的三潭印月，栏杆外面，种着一排柳树，柳枝垂地，摇曳生姿。

"如果月夜到这儿来赏月，一定美极了！"我说。

"你的眼光不错，这儿本来是供人赏月用的！今晚我们可以再来看看。"思美说。

参观完了寻梦园，我不禁感慨万千，直到今天，我才发现金钱可以做到一切的事情。思美的父亲竟有力量造这样的一个花园，而花园又如此地雅致脱俗，我不能不对这人感到几分诧异和好奇，对寻梦园的故事也更产生兴趣了。和思美一起踱进客厅，我发现有一个瘦瘦的、约五十岁的女人坐在一张靠窗的椅子里，她有一对锐利的眼睛和一个高鼻子，年轻的时候，可能长得很不错，现在她的面部却显得很阴沉，除了那对眼睛外，脸上死板板的毫无表情，她的手放在膝上，手指细而长，骨节很大，是一个多骨而无肉的手。她穿一件黑旗袍，衬托得她的脸非常苍白，白得没有一点血色。我一走进去，她就盯住我看，从我的头到我的脚，似乎都没有逃过她的眼睛，但身体却寂然不动，像一尊石膏像。

"哦，妈，这是我的同学唐心雯，我提起过的。"思美对那女人说，又转过头对我说：

"这是我母亲。"

"方伯母，"我礼貌地点了个头，"思美约我来住几天，希望不至于打扰您。"

"别客气，"方伯母说，声调却冷冷的，"随便玩吧，这里只有一个空园子！"

一个非常可爱的空园子，我心里想，不知有多少人梦想有这样一个空园子呢！

思美给她母亲倒了杯热茶，又给我和她自己调了两杯冰柠檬水，我们在客厅中坐了下来。方伯母从茶壶底下拿出一副骨牌，开始玩起通关来。我莫名其妙地感到不大自在，不知该做些什么好。思美也沉默着，我忽然觉得她和她母亲之间很疏远，不像普通的母女。我走到窗边，太阳渐渐落山了，窗外的天是红的，彩霞带着各种鲜艳的颜色，堆积在天边，树叶的阴影投在窗前。蝉鸣声已经止住了，四周静得没有一点声音。多美的黄昏！我想，但，仿佛有些什么看不见的阴影存在着，我觉得这花园并不像外表那样宁静安详。

有脚步声走进来,我转过身子,是个年轻的男人,穿着件白衬衫,衬衫的领口袖口都没有扣,袖子松松地挽了两环。我觉得面熟,再一细看,原来就是给我开门的那个园丁。我正在发愣,思美已站起来说:

"哥哥,我给你介绍一下唐小姐,唐心雯。"然后对我说:"这是我哥哥方思尘。"

我愕然地望着方思尘,顿时脸发起烧来,想起中午我竟把他当作他们家里的工人,不知是否说了些不礼貌的话?我呆呆地站着,讷讷地说不出话来。方思尘却不经心地看了我一眼,淡淡地说:

"唐小姐我已经见过了,中午是我给她开的门。"

"真抱歉,"我狼狈地说,"我不知道是方先生。"

思美看着我,骤然明白过来,她笑着转过身子,用背对着方思尘,望着我直笑。然后说:

"哥哥总是这样,太不修边幅,难免叫人误会,他是学艺术的,虽然没有成为大画家,可是艺术家那种吊儿郎当劲儿倒早具备了!"

"别太高兴,"方思尘对他妹妹说,"又该拿人取笑了!"他脸上毫无笑意,绷得紧紧的,有乃母之风。

"哼!"思美扭过了头,"不要那么老人家气好不好?成天板着脸!"她这句话说得很低声,不知是说给谁听的。

方思尘没有理他妹妹,径自走到酒柜旁边,拿出一瓶酒来,找了个杯子,斟满了酒,方伯母突然说:

"又要喝酒？怎么无时无刻不喝？"

"除了喝酒，我还能干什么？"方思尘莽撞地说，把杯子送到嘴边去，突然，他想起什么似的停住了，大踏步地走到我身边，把杯子递给我，说：

"喝一点吗？"

我惊异地看着他，摇了摇头，有点口吃地说：

"不！不！我不会。"

"不会？"他望着我，忽然咧开嘴笑了，他有很白的牙齿，和他那黝黑的皮肤相映，似乎更显得白。他的眼睛长得很好，鼻子则十分像他的母亲。"不会喝酒，你怎么去写小说？"他把胳膊靠在窗棂上，喝了一大口酒，又说，"你该学会这个，这会给你意想不到的乐趣。"

我笑笑，因为不知该说什么好，就什么话也没说。我调开眼光，无意间却接触到方伯母的视线，她正锐利地注视着我和方思尘，脸上有一个防备而紧张的表情。

晚饭是在一间并不太大的饭厅中吃的，我现在已经大约明了了这栋房子的构造，楼下一共是五间大房间、三间小房间，五间大的是客厅、饭厅、藏书室、弹子房（后来我知道方老先生在世时精于打弹子）和一间书房。三间小房间的用途不知道，因为都封锁着，大概是堆东西用的。另外还有个后进，包括厨房、浴室和下房。楼上是八间房间，如今只有四间住着人，就是方氏家里每人一间和我住的那一间。另外四间也封锁着。

这家里房子虽多，人口却极简单，除了方家三人之外，只有三个仆人，一个是李妈，一个是五十多岁的男工，叫老张，另一个是个美丽恬静的年轻女仆，大概只有二十几岁，名叫玉屏。据思美说，除了李妈外，那两个都是从老家带出来的。

吃完了晚饭，思美和我又漫步于花园里。

最后，我们在那柳枝掩映的水池边坐了下来，倚着栏杆望着月亮，我有点迷糊了，这不是个月圆之夜，一弯上弦月斜斜地挂着，水波荡漾，金光闪闪，花香阵阵地传了过来，是玫瑰！哦，我真后悔不早一点答应思美的邀约。

夜风吹起了我的裙子，我把手腕放在栏杆上，下巴又放在手腕上，凝视着水，一面倾听着思美述说寻梦园的故事。

2

"你认为我哥哥漂亮吗？"思美以这样一句话开始她的叙述。

"哦，我没有注意。"这是真话，除了认为他的眼睛很深很黑之外，我从没有想去研究他漂不漂亮，事实上，我不大懂得欣赏男人的"漂亮"。

"许多人都说我哥哥是个漂亮的男人。"思美说，手搭在栏杆上，"可是，你没见过我父亲，那才是一个真正漂亮的男人呢！在我们的书房里，有一张父亲的大画像，明天我带你去看，那是父亲年轻时游欧洲，一位不著名的画家给他画的，画得不很像，但大略可以看出父亲的轮廓。从我有记忆起，我认为父亲是个了不起的人，他为人沉默寡言。但是，他爱我和哥哥，可能更偏爱我一些。他喜欢看书，常常从早看到晚，有时，他会出外旅行,一去就是半年一年,那会成为我和哥哥最寂寞的时候。慢慢地,我开始明白爸爸不快乐,主要的,是他和妈妈不和,他们是奉父母之命结婚的,我相信,爸爸从没有爱过妈妈,他们之间也从不争吵,像是两个客人,冷淡、客气而疏远。但是,爸爸也不掩饰他的不快乐,每当他烦恼极了,他就去打弹子,饭也不吃,第二天,就该开始一段长时间的旅行了。

"那时,我们住在北平,我祖父是北平豪富之一,他是经商的,却让父亲念了书。或者,就是书本害了爸爸,他学哲学,毕业后又出国三年,回国后就被祖父逼着娶了妈妈,新婚三天,他就跑到欧洲去了,两年后才回来。据我所知,妈妈年轻时很美,只是对任何人都淡淡的,爸爸为什么会如此不喜欢她,我也不明白。但,爸爸虽不爱妈妈,却也没寻花问柳,也没有娶姨太太。

"那年,我已经十岁,哥哥已十六岁,爸爸又出去旅行了。爸爸去了八个月,走的时候是春天,回来时已是漫天大雪的严冬了。我还能清楚地记得那天的情形,一辆汽车停在家门口,老张一路喊着'老爷回来了'(那时祖父母都已去世),我从书房穿过三进房子,一直冲到大门口,爸爸正从汽车里迈下来。我高声叫着爸爸,但爸爸并没有注意,他把手伸进汽车里,从里面搀出一个非常年轻的女人,大概顶多二十岁。老张立即用伞遮着他们,因为雪下得很大,爸爸又拿自己的大衣裹住她,虽然她本来也穿着一件白色长毛的披风。然后他们走进了天井，我们的工人又从车子里搬出两口大皮箱，我跳了过去，拉住爸爸的衣服，爸爸摸摸我的头说：

"'叫徐阿姨！'

"我望着那个徐阿姨，怯怯地叫了一声。她蹲下来，不管正在雪地里，也不管雪还在下着，她揽住我，仔细地看我，然后问爸爸说：

"'是思美？'

"'是的！'爸爸说，微笑地望着徐阿姨，这种微笑，是我从来没有在爸爸脸上见过的。

"徐阿姨拍拍我的手背，态度亲切而温柔。她的皮肤细腻如雪，两个大眼睛，柔和得像水，头发很黑很亮，蓬蓬松松的。她身材很纤小，有一股弱不胜衣的情态，反正一句话，她非常美。我当时虽然只有十岁，但已预感到这位阿姨的降临不太简单，可是，我却不能不喜欢她，她属于一种典型，好像生下来就为了被人爱似的，我想，没有人会不喜欢她的。

"走进房子，爸爸一迭连声地叫人生火盆，他照顾徐阿姨就像照顾一个娇弱的孩子。妈妈已经闻讯而来，她望着徐阿姨，有点惊愕，但她向来喜怒不形于色，我无法判定她的感觉如何。爸爸开门见山地对妈妈说：

"'这是徐梦华，我已经在外面娶了她做二房，现在她也是我们家中的一员了。'

"徐阿姨盈盈起立,对妈妈深深地行了一个礼,怯生生地望着妈妈,温柔婉转地说:

"'我什么都不懂,一切都要姊姊宽容指教!'

"我不记得那天妈妈说了些什么,不过,从此妈妈显得更沉默了。而爸爸呢,自从徐阿姨进门,他就完全变了个人,他像只才睡醒的狮子,浑身都是活力,他的脸上充满了笑,每天他什么事都不做,就和徐阿姨在一起。常常他们并坐在火炉旁边,爸爸握着徐阿姨的手两人脉脉地对望着,一坐两三个小时,有时他们谈一些我不懂的东西,深奥的,难以明白的,但他们谈得很高兴。还有时他们对坐着下棋,我想爸爸常常故意输给她,以博她的笑容。事实上,爸爸那年已经四十二岁,徐阿姨才二十,爸爸对她的宠爱恐怕还混合着一种类似父亲的爱。不管怎样,徐阿姨是成功的,不但爸爸喜欢她,全家没有一个人不喜欢她,哥哥和我更经常在她身边转,我是为了听她讲故事,哥哥是因为她可以帮他解决功课上的难题,她从不对我们不耐烦,老实说,我觉得她对我的关怀胜过妈妈对我的。

"徐阿姨什么都好,只是身体很弱,爸爸用尽心思调理她,一天到晚在厨房里就忙着做她的东西,但她始终胖不起来。

"第二年春天,她流产了一个孩子,从此就和医生结了不解之缘,整天吃药打针。她躺在病床上的那段时间,爸爸简直衣不解带地守着她，虽然家里还请了特别护士。就是在病中，她仍然一点都不烦人，她温存地拉着爸爸的手，脉脉含情地望着他，劝他去休息。我想，如果我是爸爸，我也会发狂地爱她。

"徐阿姨常常希望她有一个花园，她生平最爱两样东西：花和金鱼。爸爸决心要为她建一个花园，可是，那正是一九四八年，时局非常紧张。爸爸考虑了一段时间，最后，决心来台湾。四八年秋天，我们到了香港，年底，我们来到台湾，和我们一起来的，还有徐阿姨的一个侄女儿，名叫徐海珊，比我大两岁。

"爸爸在中山路买了一栋房子，同时买了这一块地，兴工建造花园。这花园足足造了两年半，完工于一九五一年的秋天。但，徐阿姨没有等得及看这个为她建造的园子，她死于一九五一年的夏天。到台湾后，她一直很衰弱，躺在病床上的时候多，健康的时候少，但她的死仍然是个意外，头一天她说有点头昏，第二天清晨就去了，死的时候依旧面含微笑，一只手还握着爸爸的手。

"徐阿姨死了，爸爸也等于死了，他整天在房间里踱来踱去，经常不吃也不喝。花园造好了，他不予过问，一直到一九五二年夏天，他把园名题为寻梦园，住了进来。徐阿姨名叫徐梦华，他的意思大概是追忆徐阿姨。以后，他就在园子里从早徘徊到晚，有时呆呆地坐在一个地方凝视着天空。五年前，他死于肝癌，临死仍然叫着徐阿姨的名字。我总觉得，爸爸不是死于病，而是死于怀念徐阿姨，或者是徐阿姨把他叫去了。"

思美的故事说完了，我们有一段时间的沉默，我望着水里的月光发呆，栏杆上积了许多露珠，夜风吹在身上已有些凉意。很久之后，思美说：

"心雯，你写了好几篇很成功的恋爱小说，你恋爱过吗？真正的恋爱？"

"不，我没有。"

"你能想象真正的恋爱吗？像爸爸和徐阿姨那样？他们好像不只用彼此的心灵来爱，而是用彼此的生命来爱，我相信，爸爸除了徐阿姨之外，是连天地都不放在心里的。"

我默然不语，忽然，我竟渴望自己能尝试一次恋爱，渴望有人能像她爸爸爱徐阿姨那样来爱我，如果那样被人爱、被人重视，这一生总算不虚度了。又沉默了一段时间，我想起一个问题。

"那位徐海珊小姐呢？"

"海珊……"思美看着水，呆了一阵，叹口气说，"那是另一个悲剧，至今我还弄不清楚那是怎么一回事，她和哥哥热恋了一段时间，却在一个深夜里突然自杀了。她自杀后哥哥就变了，你不要看哥哥现在疯疯癫癫的，一天到晚蓬头垢面地在酒里过日子，海珊死以前他是很正常的。"

"海珊为什么要自杀?"我问。

"这也是我们不明白的,连哥哥都不知道,她只给了哥哥一封遗书,遗书里也只有两句话,一句是'为什么人要有感情?'另一句是'为什么人生有这么多矛盾?'海珊刚死时,哥哥整天狂喊:'我什么地方对不起你?你为什么要这样做?'我们都怕哥哥会精神失常,妈妈彻夜不睡守着他,怕他自杀……现在,这事已经过去三年了,哥哥也好多了,我们家的悲剧大概就此结束,希望再也不被死亡威胁了。"

我们静静地坐了一会儿,月光把柳树的影子投在地上,摇摇晃晃的。我忽然感到背脊发凉,有点儿莫名其妙的害怕,这园子是太大了。

"寻梦园,"我说,"这名字应该改一个字,叫'怀梦园',本是为了怀念徐梦华而题的,并不是寻找她。"

"哼!"我刚说完,黑暗中就传来一声冷笑,我不禁毛骨悚然,这月色树影和谈了半天的死亡,本就阴惨惨的,这声突如其来的冷笑更使人汗毛直竖。思美问:

"谁?"

一个男人从柳树后面转了出来,是方思尘,我定下心来,思美说:

"哥哥,你吓人一跳!"

方思尘不管他妹妹,却对我说:

"你知道'死'是什么？我们都没有死，就不会知道是怎么回事，人死了是不是就真从这个世界消失了？从古至今，没有人能解释生与死。我常想爸爸是个奇人，他了解爱情，他也不信任死亡，徐阿姨死了，只是肉体死了，她的灵魂呢？爸爸用了'寻梦园'的名字，在他死以前，他一直在找寻徐阿姨，我常想，生者和死者可能会有感应，就是今晚，我们又怎么知道爸爸、徐阿姨和海珊不在我们的身边？只是我们看不见而已。有时，在深夜里，你静静地坐着，让心神合一，你会感觉到死者就在你面前。寻梦园这名字取得好，就好在这个寻字。天地茫茫，卿在何方？这意味何等深远，如果用'怀'字，就索然无味了！"

我的脸又红了，被方思尘这么一说，我才感到自己的幼稚，真的，人死后到哪儿去了？死者的幽魂会常徘徊在生者的身边吗？我越想越玄，也越感到四周阴森森的，好像方伯伯、徐阿姨和徐海珊都就在这儿，在我身后听着我们谈话。这时，一滴冰凉的水滴进了我脖子里，我跳了起来。

"什么水，滴在我脖子里？"我叫着。

"没什么，"方思尘镇定地说，"是柳枝上的露水。"

"回去吧，夜深了！"思美说。

不错，夜深了，月亮已经偏西，风也更凉了。我们在树荫花影下向房子走去，我说：

"真的，我现在也发现这个寻字用得好，这使我想起《长恨歌》里唐明皇找寻杨贵妃：'排空驭气奔如电，升天入地求之遍。上穷碧落下黄泉，两处茫茫皆不见'的句子。还有汉武帝思念死去的李夫人，要方士作法，召寻李夫人的魂魄，后来模模糊糊地看到一个女人影子，而说'是耶？非耶？何其姗姗忽来迟！'真的，死别大概是人生最难堪的，这种怀念，不是凭空想得出来的！"

我们一面谈着，一面走到门口，我抬起头扫了这房子一眼，忽然，我感觉到月光照耀下的一扇窗子里，有人在向我们窥探着。

这儿有着什么？我想，一切似乎并不安宁。

这一夜，我失眠了，一来是下午睡了一个大觉，二来是谈话分了神，听着风吹树叶的声音，又听着窗子被吹动的响声，我觉得四面阴影幢幢，谈论中的方伯伯、徐阿姨和那个离奇自杀的徐海珊，似乎都在窗外徘徊，窗上有树枝的影子摇来晃去，我想起艾米莉·勃朗特女士的《呼啸山庄》中所写的凯瑟琳，和她的幽魂摇着窗子喊："让我进来，让我进来！"于是，我也似乎觉得那树影变成了一个女人的影子，而风声都变成了呼叫："让我进来！让我进来！"

黎明时，我迷迷糊糊地睡着了，做了许多噩梦。醒来时天已经大亮了，我看看手表，不过早上六点半，那么，我也只睡了一个多小时。穿好衣服，我走到窗前，拉开窗帘,一眼看到方思尘在园中浇花,又穿着那条脏裤子,满头乱发。我深吸了一口气,清晨的空气如此新鲜,带着泥土气息和花香,我觉得心情愉快,精神饱满,在这阳光照耀的早上,那些妖魔鬼怪的思想都不存在了。

"嗨!"我愉快地向下面的方思尘喊着。

他抬起头来,对我挥挥手,也喊了一声:

"嗨!"

我离开窗子,出了房间。到思美门口听了一会儿,她没有起床的迹象。我独自下了楼,梳洗过后,走到园子里,随便地散着步。树叶上都是露珠,一颗颗迎着太阳光闪耀。我哼着歌,在每棵花前面站一站,不知不觉地走到一片竹林前面,旁边有个题名叫"揽翠亭"的亭子。我走进去,亭子的台阶两边种着我叫不出名字来的粉红色小花,地上散着许多花瓣。进了亭子,我听到一阵叽叽喳喳的鸟叫,抬起头来,我才发现亭子的檐上,竟有一个泥做的鸟巢,两只淡绿色的鸟不住把头伸出来张望。

"新笋已成堂下竹,叶花都上燕巢泥。"我低低地念着前人的词句。

"早!"一个声音说,我转过身子,方思尘含笑地站在亭子的另一边,手中提着浇花的水壶。他脸色红润,眼睛闪闪发光,充满了生气。昨天那股阴阳怪气已经没有了,看起来是和蔼可亲的。

"早！"我也笑着说，"你自己浇花？"

"如果我不管这个园子，它一定会荒废掉！"他说，把满手的污泥在裤子上擦了擦，看着自己的衣服，他笑着说，"这是我的工作服！大概穿起来很像工人吧！"

想起昨天我的误会，我觉得脸发热。

"昨天我以为你是个园丁。"我说。

"是吗？"他望着我的脸，"你昨天叫门时有股骄傲劲儿，所以我不带你到正房。"

我骄傲吗？我自己并不知道，望着他，我们都笑了。园子里的鸟叫得真好听。寻梦园，我想，我已经爱上它了。

3

我坐在荷花池边的假山石上,手里拿着一根枯枝,拨弄着水,水面现出一圈圈涟漪。我把水挑到荷叶上,望着水珠在叶子上滴滴溜溜打转。在我膝上,一本《历朝名人词选》上早都沾满了水。玩厌了,我回到我的书本上,朗声念着一阕词:

燕子呢喃,景色乍长春昼。睹园林、万花如绣。海棠经雨胭脂透。柳展宫眉,翠拂行人首。

向郊原踏青,恣歌携手,醉醺醺、尚寻芳酒。问牧童、遥指孤村道:杏花深处,那里人家有。

方思尘不知从哪儿转了出来,奇怪,他永远会突然冒出来,像地底的伏流似的,忽隐忽现。他大踏步走近我,说:

"把刚才那阕词再念一遍好吗?"

我又念了一遍,他倾听着,然后在我身边坐下来,赞叹地说:

"哎,这才是人生的至乐。'向郊原踏青,恣歌携手,醉醺醺、尚寻芳酒……'哎,好一个醉醺醺、尚寻芳酒,古时的人才真懂得享受。"

"你不是也很懂得吗?整天酒杯不离手。"我说,多少带着点调侃的味道。

"你不懂,酒可以使人忘掉许多东西。"方思尘说,脸色突然阴沉了下来。对于他喜怒无常的脾气,两星期以来,我已经相当熟悉了。"你一生都在幸福的环境里,被人爱护着长大,你不会明白什么叫失意,你只有值得回忆的事情,没有需要忘记的事情。"

这或者是真的,不过,在到寻梦园以前,我从没有认为自己是幸福的,相反,我还有许多的不满。现在,我才开始了解自己的幸福,最起码,我这一生没有遭遇死亡。

"徐海珊很可爱吗?"这句话是冲口而出的,只因为想到他的不幸,因而联想到徐海珊。说出口来就懊悔了,这话问得既不高明也无意义,他既然热爱她,当然认为她是可爱的。

"海珊,"方思尘沉吟着说,"她和你完全是两种典型,你无论在生理或心理方面,都代表一种健康的美。海珊正相反,她是柔弱的,但她的感情强烈,她常常患得患失,总是怕失去我,就是在我们最亲热的时候,她也会突然问我:'你会不会爱上别人?'她死的前一天,我们才决定结婚日期,那是十月,我们预备元旦结婚。那天下午我进城一趟,回来时已经很晚了,我去敲她的门,她说她已经睡了,声音很特别,好像充满了慌乱和凄惨,我走开了。第二天,因为叫不开她的门,中午我们破门而入,她和衣躺在床上,已经断气很久了。"

"她用什么方式自杀的?"我问。

"安眠药。"

"你们家怎么有安眠药呢?"

"我们家里一直有安眠药,本来是爸爸用的,后来海珊也有失眠的毛病,妈妈也用安眠药。"

"你们……从没有考虑过她是不是被谋杀的?"我问,有种奇异的灵感,觉得她死得不简单。

"谋杀?"方思尘竟战栗了一下,但立即说,"那不可能,门窗都是反锁的,我不相信有人能把安眠药灌进她肚子里去,而且,动机呢?谁有动机杀她?"

"安眠药很可能调在咖啡里或食物里,使她不知不觉地吃下去,动机……我就不知道了。她死在寻梦园吗?"

"就是你隔壁那间空房子里，那天家中的人和现在一样，只是没有你。你想，谁会谋杀她？这是决不可能的！"

但，我却认为可能，我思索着，方伯母？那阴阴沉沉的老妇人，谁知道她会不会做出这事来？老张，不大可能，那是个憨厚沉默的老人。玉屏，嫌疑很大，她显然在单恋她的主人思尘，这是看得出来的。思美，决不可能，她太善良了，而且没有动机。思尘，会不会是他谋杀了他的未婚妻？……我抬起头来，方思尘正默默地凝视我，在思索着什么，那张脸是漂亮而正直的。我站起身来，对自己摇了摇头。

侦探小说看得太多了。我想。不自禁地对自己荒谬的想法感到可笑。我笑着拍拍裙子上的土说：

"起来吧，我们走走，别再谈这些让人丧气的事情！"

方思尘站起身来，他比我高半个头。他低头望着我，脸色又开朗了起来。

"什么时候，让我帮你画张像？"

"随时都可以！"我说。

"昨天晚上，思美拿了一篇你的小说给我看！"他说。我们沿着小径慢慢走着。

"哪一篇？"

"题目叫'网'。"

"最糟的一篇，事实上，没有一篇好的，我正在摸索中，我十分希望把我所看到的、接触到的写下来，但总是力不从心，我缺乏练习，也缺少经验。"

"你很能把握人的感情。"他说，"看你的小说，不会相信你是个才二十出头的女孩子。"

"可是我的东西就很肤浅、不深刻，我的材料离不开学校和家庭。我的生活经验太少，假如你要我写一篇东西描写矿工，我一定会写出一篇非常可笑的东西来。"

"我想，就是学校和家庭已经够你写了！"

"真的，小说材料俯拾皆是。"

我停住，望着天边，这正是黄昏，云是橙红和绛紫色的，落日圆而大，迅速地向地平线上降下去。我忘形地抓住方思尘的手，说：

"画下来，这么好的景致！"

方思尘没有看天，却凝视着我，他的手轻轻地压在我的头发上，然后从我面颊上抚摸过去，托起了我的下巴。他的眼睛发亮，薄薄的嘴唇紧紧闭着。我茫然地看着他，我们就这样站着，许久之后，他低低地说：

"我怕我会太喜欢你了，怎么办？"

我不语，被催眠似的看着他的眼睛，他又说：

"你非常美，以前有别的男孩子告诉你吗？听着你软软的声音念诗，使人烦恼皆忘。"

我仍然不语，于是，他俯下头来吻我，轻轻地。然后，他用两只手捧着我的脸，凝视我的眼睛：

"一个不知道忧愁的女孩子,我能爱你吗?我会不会把不幸带给你?"

我继续沉默,他又说了:

"你是上天派下来解救我的小女神,是吗?在我最苦闷的时候,你来了,用你率真的态度命令我:'喂,开一下门好不好?'我给你开了门,你走了进来,走进我的生活和生命,用你坦白的眼睛注视我,用你甜甜的声音念'向郊原踏青,恣歌携手'。你不会再悄然隐退?你会和我恣歌携手?会吗?会吗?会吗?"

我无法说话,仿佛被一个大力量所慑服,一种奇异的感觉像浪潮似的淹没了我。我觉得自己的心跳得稳定而柔和,我并不激动,可是,泪水却充盈了我的眼眶,模糊了我的视线,我说不出来为了什么,只感到生命的神奇和美好。四周的蝉鸣声那么可爱,花的香味,草的气息……这一切使我醺然欲醉。我合上眼睛,必须用我整个心神来捉住这神秘的一瞬。于是,他又吻了我,这一次是重重的、火热的。我不敢张开眼睛,只能本能地回应他。我的手环在他的腰上,可以触摸到他那宽阔结实的背脊,我能听到他的心跳敲击着胸膛的声音,沉重的,一下又一下。

突然间,他推开了我,我有点惊异地张开眼睛,他正在注视着我的身后。我回转身子,方伯母像个幽灵般站在一株松树的前面,默默地望着我们。她苍白的脸上一无表情,眼光却冰冷而阴沉。

"妈……"思尘说,不知怎么,我觉得他的声音里有点畏怯,和以前那种一无顾忌的态度不同。

"方伯母。"我招呼着,礼貌地点头,为了被她撞见的这一幕而脸红,但我并不认为自己做错了什么。

方伯母机械地对我们点了点头,用空洞的声音说:

"快吃晚饭了!"

说完,她就回身慢慢地走开了。太阳已经下山了,天边仍然是绯红的,她瘦长的影子在彩霞照耀下向前移动,给人一种妖异怪诞的感觉。

"我们回去吧!"思尘说,用手环住我的腰,声调显得有些无精打采,眼睛里有抹深思的神情。

寻梦园,我想我是越来越爱它了。这是个好名字,最起码,我在这儿找到了我的梦。思尘的怪毛病也逐渐好了,他变得活泼轻快了起来。一次,我和思美进城买了一副羽毛球拍子,以后,我们三人就逗留在室外的时候多,清晨和黄昏,我们总是在园内追逐嬉笑。中午和下午,太阳太大,我和思尘兄妹就消磨在藏书室里。我前面曾提起过藏书室,这里面藏书之丰富,实在惊人,可惜有大半是英文原版,而我的英文程度有限,无法欣赏。但,中文书也够我看了,在那一段时间内,我看了许许多多心理学与哲学方面的书,因为,这方面的藏书比较多。夜，是属于我和思尘的，寻梦园里任何一个角落，都是静坐谈心的好所在，他教我看星星，教我凭香味辨别花名……我不知道我教过他什么，对了，我曾经教他唱一首小歌：

　　我和你长相守，愿今生不分离。
　　纵天涯隔西东，愿两心永不移。
　　……

　　那是个早晨，我起了个绝早，思尘兄妹尚未起床，我独自溜进了园里，在听雨亭旁边，我看到方家的旧仆老张正在捞取荷花池里的败叶残枝。他是个背脊已经佝偻的老人，有一张满布皱纹的脸。我停下来，他对我含笑招呼：

　　"唐小姐，早。"

　　"早，"我精神愉快地说，"要不要我帮你的忙？"

　　"不，当心弄脏鞋子。"

　　我在荷池边的山子石上坐了下来，看着老张，老张一面用钩子钩着败叶，一面说：

　　"现在不弄，等会儿少爷要不高兴的。"说着，他看了我一眼，突然说："以前徐小姐最喜欢听雨亭，每天都要到这儿待一个下午，她说荷花的香味最清爽了，比玫瑰花好。老爷生前也喜欢听雨亭。"

"徐小姐一定很美,是不?"我知道他说的徐小姐是指海珊,不禁冲口而出地问,大概心中多少有点属于女性的忌妒。

"很美,当然的,她父母都漂亮……"老张忽然错愕地停住口,茫然地望了我一眼,就闷声不响地去钩叶子了。

"父母?她的父母是谁?"我追问。

"不相干的!"老张摇摇头说,就再也不讲话了。我默然地看了他一会儿,这老人一定知道什么,或者也知道海珊是怎么死的,但他绝不会再告诉我什么了。我站了起来,拍了拍身上的土,就向房子走去。思尘已起来多时,思美正等着我一起吃早饭。

那天上午,我们全消磨在羽毛球上。中午,天变了,成堆的紫黑色的云从四面八方涌过来,风卷着树梢,太阳隐进了云层,室内显得黯然无光。思美扭开收音机,十二点的《新闻报告》前有台风预告,思美望望窗外的天空。

"台风,"她说,"我们的花园又该遭殃了。"

"我担心东面的那个茑萝花架,应该叫老张早点去修理一下的,有两根柱子已经坏了。"思尘说,他手中握着一杯茶,最近,他喝茶的时候好像比喝酒的时候多了。

午饭后,方伯母忽然用古怪的眼光打量我,然后问:

"你父亲在哪儿做事?"

"在×中教书，教语文。"我说。

"你兄弟姊妹几个？"她继续问。

"四个。"我回答。

"生活很苦吗？"

我不奇怪方伯母问这个问题，和思美比起来，我的服饰是太简陋朴素了。

"物质生活确实很苦，精神生活却很愉快。"我说。自己也不明白为什么要这样回答，这使我的话里包含了一点儿讽刺和自我安慰的味道。

玉屏进来了，递给我们每人一杯茶，她又给思尘新泡了一杯，这美丽的小女仆总有种特殊的气质，看起来温文可爱，不像个女仆。方伯母又审视了我一番，只点点头，就一语不发地走了。思美说：

"妈不知是怎么回事？"

"她总是这样的。"思尘说。

思美要上楼睡午觉，我兴致很好，就和思尘到客厅里去下象棋，太阳又出来了，阳光使人疲倦，我觉得窗子太亮了，拉上了窗帘，室内阴暗了好多。可是我仍然感到头晕晕的。一连输了三盘，我不下了，却玩起棋子来，这棋子是用象牙雕刻的，非常精致。

"这是父亲和徐阿姨下棋用的那一副。"思尘说。

"徐阿姨……"我说了一半，一阵头晕使我停住了，我感到房子在旋转，胸中发胀，眼前是一片模糊。

"你怎么了,你的脸色发白!"思尘紧张地说。

"没有什么,"我勉强地笑了笑,"上午打了太久的球,大概有点中暑。"

"你去躺一下好了。"思尘说。

"好。"我站起身来,地板在我脚下波动,我听到思尘在叫我,我站不住,猝然倒下去。思尘的胳膊接住了我,我尝试睁开眼睛看他,但是我睁不开,一种无形的力量征服了我,我浑身无力地松懈下来,失去了知觉。

4

我做了一个奇异的梦,梦见一个长得非常美丽的少女,凛然地站在我的面前,用冷冰冰的声音对我说:

"思尘是我的未婚夫,我们是经过山盟海誓的,你不能抢去他!他属于我,我已经为他而死,没有人再能够得到他!你赶快走,离开寻梦园,这儿不是你的地方!"

我辩解地说:

"你已经死了,死人不能占有活人,思尘应该有他的生活,你无法管他,也无法管我!"

"可是我要管,如果你不走,我不会饶你的!"

她逼近我,眼睛睁得无比地大,一刹那间,那张美丽的脸已经变成骷髅,她伸出白骨嶙峋的手指,向我脸上扑来,由于恐惧,我大叫着惊醒了过来。发觉我正躺在我的房内,思尘在摇撼着我:

"心雯！心雯！"他叫着。

室内的灯亮着，那么我已经昏睡了一个下午。床边有一声叹息，我听到思美的声音说：

"好了，她醒了！"

思尘望着我，他的脸色苍白，眼睛显得担忧而紧张。

"我好了，"我说，声音出奇地弱，"没有关系的。"

"刚才医生来看过你，给你打了针，他说是中暑。"思美说，一面走过来，安慰地拍拍我的手。

"思美，你去睡吧，我来照顾她。"思尘对妹妹说。思美点点头，对我微笑了一下，就走出了房门。我看着思尘，头依然在发昏，想起刚才的噩梦，又禁不住打了个寒噤。

"你觉得怎样？"思尘问，把手放在我的额上。

"有点头晕。"我说，"现在几点钟？"

"快十点了！"思尘说。

哦，我已经躺了八小时。

"有水吗？我想喝水。"我说。

思尘从我房内的水瓶内倒出一杯水来，忽然，他停住了，说：

"等一等，我去给你换一杯来！"

他走出房间，一会儿，他另外端了一杯水来，抬起我的头，我喝了水。他放下我，深思地望着我说：

"心雯，你必须告诉我，吃饭时你有没有觉得饭里有味道？或者，你饭前吃过什么？"

"没有。"我说。

"饭后呢？"他继续问，忽然，他跳了起来，说，"茶！"说完，他转身向屋外跑去。我感到一阵恐惧，已经意识到他所怀疑的，我一把拉住他的衣服说：

"不要走，请你！"

他停住，对我说：

"我要去找你那个茶杯。"

"你不会找到的，玉屏早就收去洗了。"我说。他走回来，在我床前面的椅子上坐下，握紧了我的手，呆呆地注视着我。

"心雯，我早就猜到我会带给你不幸。"他喃喃地说。

"不是的，你不要瞎猜，没有人会这样做！"

"海珊为什么要自杀？海珊是没有理由自杀的！"他说。

我浑身战栗。"那么，你也怀疑她的死了？"我问。

他不语，靠近我，深深地望着我。然后，他轻轻地吻我，说：

"你再睡一下，我在这儿陪你！"

我以为我不会再睡了，这栋房子里充满了阴森和恐怖，无论活着的人和死去的人，都在压迫着我。可是，我却意外地入睡了。我又做了许多噩梦，一个漂亮的男人，和楼下书房里的大画像一模一样，低沉地对我说：

"离开寻梦园,这儿是梦华所居住的,不是你!"

接着,我面前又换成了个模模糊糊的女人影子,她慵慵懒懒地说:"我该住在哪儿?谁占据了我的屋子?"然后,前一个梦中的女人又出现了,她追着我,嚷着说:"把思尘还给我!把思尘还给我!"

我醒了,室内只亮着一盏小台灯,灯光如豆,昏昏暗暗的。思尘已不在屋子里了。我看看手表,是深夜两点钟。窗上,树的影子在摇晃着,风声在园内呼啸,风大了,窗棂剧烈地响着,树木的沙沙声如困兽在辗转呼号。我裹紧了毛毯,又像第一夜那样,觉得风声都成了呼叫:"让我进来,让我进来!"我身上发冷,渴望思尘能够回来,他到哪儿去了?

半小时后,风声更大了,变成了巨大的吼叫,风从玻璃窗的隙缝里钻进来,天花板上的吊灯在摇摆不定。我感到无法言喻的恐怖,挣扎着,我坐了起来,思美的房间就在我的右邻,左面是海珊生前住的。我试着叫了一声:

"思美!"

我的声音细而微,隔壁一点动静都没有。我侧耳倾听,却仿佛听到有人在争执的声音,当我想捕捉那音浪时,风声把一切都席卷了。我赤脚下了床,想去叫思美的门,这房间使我无法忍受。我的头依然发晕,摇摇晃晃地走到门口,刚扭开房门,就又听到说话的声音,是从左面那间空屋里传出来的。一刹那间,我觉得毛骨悚然,第一个冲动是想关上房门,溜回床上去用被蒙起头来,但我的脚却无法听命移动,我只能靠在门上,用门框支撑我的体重。于是,我听到了一个女人的声音说:

"你醉了是不是?"我立即辨出这是方伯母的声音。

"我没有醉,我清醒极了,我就是太清醒了,我宁愿是醉了,可以看不到这些罪行在我眼前接二连三地发生!"这声音是我熟悉的,这是思尘,声调冷峻而严肃。下面方伯母又讲了一句什么,被风声所掩蔽了。恐惧逐渐离开了我,最起码,那空屋里的人是人而不是鬼魂。我不由自主地走出去,向左移动了两步,门缝里有灯光透出来,我把耳朵贴近,可以清晰地听到思尘的声音:

"那天,我问过玉屏,只有你下午到过她的房间!虽然你是我的母亲,可是我不能饶恕你,一个海珊还不够,现在你又对心雯下毒手!……"

"你疯了!你疯了!"方伯母说,声音并不慌张,只是冷酷。

"我疯了才好呢!可惜我不疯!妈,为什么你对我所爱的人看不顺眼?为什么你要杀海珊?我不知道你怎样让海珊吃下那安眠药的,心雯的杯子我已经找到了,里面果然有安眠药粉的余粒,你的药量用得太轻了……"

"安眠药?"方伯母的声音,似乎有点激动了,"那么,她不是中暑了?"

"中暑？你比我更清楚她为什么会晕倒，你不必在我面前装样子。妈，我已经看得明明白白，海珊死时我只是怀疑，直到现在才证实，你为什么要这样做？为什么？"思尘的声音沉痛而凄厉。

"你怎么会认为是我做的？"方伯母问，声调非常镇定，微微带点诧异的味道。

"全家只有你还用安眠药，也只有你还存着安眠药！"

"是的，只有我有安眠药。但这是个误会，我猜唐心雯错喝了我的茶，怪不得我今天睡不着午觉。最近，我一直把安眠药放在茶里喝，现在都是玉屏帮我放。如果你不信，可以去问玉屏！"方伯母仍然是平静的语调。

"我不信，怎么这样巧！"

"巧得使儿子怀疑母亲！几十年来，方家我已经待够了，我想，你该赶我出去了？是吗，思尘？"方伯母似乎有些伤感，奇怪，这声调竟使我觉得心酸。

"哦，妈，"思尘显然有点泄气，"我只是想追查事情的真相！那么，海珊死的那一天，你到她房里去做什么？"

"我没有害唐心雯，可是，海珊确实是我害死的。"方伯母停顿了一下，我又感到背脊发凉了，"思尘，你为什么要我到这间空屋里来谈？"

"我不愿思美听到我们的谈话！"

方伯母和思美的房间是贴邻的。

"好吧,思尘,我看我该告诉你真相了。这是海珊的房间,如果海珊死而有灵,应该证实我的话。海珊死的那一天,我确实到她房里去过,你知道,一开始我就反对你和海珊的恋爱,可是你们执迷不悟。那天,我告诉海珊一个秘密,我告诉了她,她是你的妹妹,是你父亲的私生女!"

"你说谎!"思尘大叫。

"我没有说谎,你要证据吗?去问问老张,他是你父亲最亲信的仆人,他会告诉你更多关于你父亲的故事。我并不知道海珊会因此而自杀,我没有想到她已经爱你爱得如此之深!"

"你说谎!妈,你说谎!"思尘痛苦地说。

"唉!"方伯母叹了口气,似乎很疲倦,"我知道,你父亲在你们心中是个了不起的人,你们都崇拜他,这么许多年来,我不敢打破你们心目中的偶像。事实上,他的精神不健全,你的祖父不该把他从国外骗回来结婚,他被迫娶了我,使一位在国外和他相恋的女孩子自杀了。他和我婚后三天,就接到消息赶出国去,但已来不及了。从此,他恨我,在他一生中,大概只真正地爱过两个人,一个是那位国外的女郎,一个就是徐梦华。至于和他发生关系的女人,简直不计其数。海珊是徐梦华大姐的孩子,海珊出世时,徐梦华才只有几岁,你父亲没有管这个孩子,任由她在徐家长大,等他想起来去看她们的时候，海珊的母亲已经死了，他却爱上了徐梦华，把梦华和海珊都从杭州接到北平，海珊被送进住宿学校，梦华却被接到我们家里。"

"妈，这不是真的。"

"这是真的，思尘，你必须接受它。不但海珊是你父亲的私生女，思美也是，我不知道思美的生母是谁，思美是在襁褓中抱回家的。不只思美，玉屏也是！"

"妈，不要说了！"

"玉屏的母亲是我的女仆，玉屏就成了丫头，可怜的孩子，二十几年来我并没有把她像丫头般看待，在这个家里，恐怕也只有玉屏是真正对我好，她了解我，虽然她不知道自己的身世，但她明白我在方家受的委屈。你父亲是个怪人，他漂亮，谈吐、风度、学问，无一不好，没有女孩子可以逃得过他的追求。你记得你父亲常常要出去旅行吗？每次去旅行，都是去弄女人，在女人这方面，他完全是变态，我不知道他这一生到底有多少女人。但，他对徐梦华倒是真心的，我想，有了梦华之后，他是觉悟了，也真正想在家中做个好主人、好父亲和好丈夫了。可是，梦华死得太早，梦华一死，把他的一切都带走了。

"几十年来，我忍受你父亲已经受够了，思尘，让母亲对儿子说句坦白话，你以为只有你们这一代的人才会恋爱？才有这样狂热的感情？我刚结婚的时候，也有这份狂热,我爱你的父亲,他实在是太漂亮太吸引人了,我一直梦想他会对我产生爱情,但他虐待我、恨我,我受尽他的折磨,直到他死,他叫着别人的名字。他没有爱过我一天,但我为他埋葬了全部的青春和热情。"

"妈!"思尘喊,声音是窒息的。

"思尘,是什么原因你会认为我是凶手?你父亲在你心目中是圣人,母亲却是罪犯!你以为我做得出这种事吗?是的,我确实不喜欢唐心雯,因为她将从我手中抢去你!思尘,我这一生什么都没有,只有你!你是我的,是我生的,是我和你父亲的儿子!我第一眼看到唐心雯,就知道保不住你了,她那对澄清的大眼睛那么可怕,像是什么都懂,又像什么都不懂……她正是那种女孩子,最容易吸引你这种爱艺术的男人,满脑子的幻想和诗,她本人也像首诗……我怕她,怕你会爱上她,然后她会把你带出寻梦园,永远离开我,我知道她会!果然你爱上了她!但是,我没有下毒!我不会这么做,也从没有想去做这个,你可以问玉屏……"

"妈,别说了,我明白了。"

"思尘,我不怪你会喜欢唐心雯,男孩子长大了,我不能把你拴在我身边一辈子,事实上,你的心早就离开了我,你从不喜欢我,你喜欢徐梦华更胜于喜欢我!可是,我喜欢你,我要你!你不接近我,你像防毒蛇似的防我……"

"妈!"思尘喊。

"唐心雯,那个诗一样的女孩子,她认识你才一个月,就把你的心占有了,我认识你已经二十九年了!"

"妈,不要这样说,让我重新开始,有了心雯,并不是就会不要母亲的。妈,真的,我们会爱你,心雯也会!"思尘说,声音急促而不安。

"不会的,我知道不会,没有儿子有了媳妇还会爱母亲,这是永远不变的,古时候如此,现在也如此!小燕子长成了抛掉老燕子,这是一条自然的定律,没有道理可讲,生命就是如此!"

方伯母的声音冷冷的,但冷得苍凉。我感到心中突然充塞着几百种难言的情绪,方伯母,那苍白枯瘦的女人,那冰冷而锐利的眼睛,谁知道她心中埋藏了多少辛酸?或者她曾试着要喜欢我,中午,她不是尝试和我谈话吗?但她不会喜欢我,我了解得和她一样清楚。可是,我是不是需要去尝试使她喜欢我?想想看,一个月来,我对她有多少误解!我脑内一片混乱,我必须回到房间里好好思索一番。

风越来越大了,雨点已经随着风狂扫而下,我悄悄地溜回自己的房间,隐约又听到方伯母在说:

"明天,你带心雯去吧,离开寻梦园,去制造你们的梦。我该想开了,年轻人不是一个园子可以关得住的。"

一夜风雨，早上，雨已经停了，风势也微弱了。我爬起床，头晕症已愈，只是四肢还有点乏力。我走到窗边。推开窗子。哦，一夜风雨造成的情况竟如此凄凉，园中全是残枝落叶，花架因年久失修，已歪倒一边，落红遍地，风仍然在狂卷着落花，所有的树木都无精打采地垂着头。

门被推开了，思尘走了进来，他看起来苍白疲倦。

"好了没有？"他问。

"好了。"我说。

他走近我，也注视着园子。

"又要费一段时间来整理它，"他说，"不知有多少花枝被吹坏了！"

"我们一起来整理它，"我说，把手压在他放在窗台上的手上，"思尘，我偷听了你们母子的谈话。"

他注视我，默然不语。

"你父亲并不是个坏人。我想，我会喜欢他。如果他娶了国外那个为他自杀的女郎，我相信他们会有个很幸福的家庭。许多悲剧，我们不能说错在哪一方，只是命运弄人，而我们却无法支配命运。"我说。

思尘深深地凝视我，眼睛逐渐明亮了。

"我爱寻梦园，在这里，我找寻到我的梦，"我握紧思尘的手说，"让我们来整理它，使它比以前更好，你母亲会高兴看到……"

"她的孙儿在寻梦园的草地上爬,是吗?"

身后传来了一个轻快的声音,我和思尘转过身子,思美正含笑地站在门口,脸色明朗得一如台风后的天空。

我的脸红了,思尘忽然有所发现地说:

"你很容易脸红。"

我笑了。一片小花瓣被风卷到窗台上,我拾起了它。寻梦园。我想,一个好名字。

风止了,太阳正在迅速地穿出云层。

(全书完)

（京权）图字：01-2024-1750

图书在版编目（CIP）数据

女朋友 / 琼瑶著. -- 北京：作家出版社，2024.10
（琼瑶作品大合集）
ISBN 978-7-5212-2822-9

Ⅰ.①女… Ⅱ.①琼… Ⅲ.①中篇小说-小说集-中国-当代 Ⅳ.①I247.5

中国国家版本馆 CIP 数据核字（2024）第 089068 号

版权所有 © 琼瑶

本书版权经由可人娱乐国际有限公司授权作家出版社出版简体中文版
非经书面同意，不得以任何形式任意重制、转载。

女朋友

作　　者：	琼　瑶
责任编辑：	刘潇潇　单文怡
装帧设计：	棱角视觉　纸方程·于文妍
出版发行：	作家出版社有限公司
社　　址：	北京农展馆南里10号　　邮　编：100125
电话传真：	86-10-65067186（发行中心）
	86-10-65004079（总编室）
E-mail:	zuojia@zuojia.net.cn
http:	//www.zuojiachubanshe.com
印　　刷：	北京盛通印刷股份有限公司
成品尺寸：	142×210
字　　数：	87千
印　　张：	5
版　　次：	2024年10月第1版
印　　次：	2024年10月第1次印刷
ISBN	978-7-5212-2822-9
定　　价：	28.00元

作家版图书，版权所有，侵权必究。
作家版图书，印装错误可随时退换。

品琼瑶经典
忆匆匆那年

琼瑶作品大合集

1963 《窗外》
1964 《幸运草》
1964 《六个梦》
1964 《烟雨蒙蒙》
1964 《菟丝花》
1964 《几度夕阳红》
1965 《潮声》
1965 《船》
1966 《紫贝壳》
1966 《寒烟翠》
1967 《月满西楼》
1967 《翦翦风》
1969 《彩云飞》
1969 《庭院深深》
1970 《星河》
1971 《水灵》
1971 《白狐》
1972 《海鸥飞处》
1973 《心有千千结》
1974 《一帘幽梦》
1974 《浪花》
1974 《碧云天》
1975 《女朋友》
1975 《在水一方》
1976 《秋歌》
1976 《人在天涯》
1976 《我是一片云》
1977 《月朦胧鸟朦胧》
1977 《雁儿在林梢》
1978 《一颗红豆》
1979 《彩霞满天》
1979 《金盏花》
1980 《梦的衣裳》
1980 《聚散两依依》
1981 《却上心头》
1981 《问斜阳》

1981 《燃烧吧！火鸟》
1982 《昨夜之灯》
1982 《匆匆、太匆匆》
1984 《失火的天堂》
1985 《冰儿》
1989 《我的故事》
1990 《雪珂》
1991 《望夫崖》
1992 《青青河边草》
1993 《梅花烙》
1993 《鬼丈夫》
1993 《水云间》
1994 《新月格格》
1994 《烟锁重楼》
1997 《还珠格格第一部1阴错阳差》
1997 《还珠格格第一部2水深火热》
1997 《还珠格格第一部3真相大白》
1997 《苍天有泪1无语问苍天》
1997 《苍天有泪2爱恨千千万》
1997 《苍天有泪3人间有天堂》
1999 《还珠格格第二部1风云再起》
1999 《还珠格格第二部2生死相许》
1999 《还珠格格第二部3悲喜重重》
1999 《还珠格格第二部4浪迹天涯》
1999 《还珠格格第二部5红尘作伴》
2003 《还珠格格第三部天上人间1》
2003 《还珠格格第三部天上人间2》
2003 《还珠格格第三部天上人间3》
2017 《雪花飘落之前——我生命中最后的一课》
2019 《握三下，我爱你——翩然起舞的岁月》
2020 《梅花英雄梦之乱世痴情》
2020 《梅花英雄梦之英雄有泪》
2020 《梅花英雄梦之可歌可泣》
2020 《梅花英雄梦之飞雪之盟》
2020 《梅花英雄梦之生死传奇》